吹尽狂沙始到「金」

金庸武侠全解

不雨亦潇潇 著

北方文艺出版社
·哈尔滨·

图书在版编目（CIP）数据

吹尽狂沙始到"金"：金庸武侠全解 / 不雨亦潇潇
著. -- 哈尔滨：北方文艺出版社，2023.2
 ISBN 978-7-5317-5788-7

Ⅰ.①吹… Ⅱ.①不… Ⅲ.①金庸（1924-2018）-
侠义小说-小说研究 Ⅳ.①I207.425

中国国家版本馆 CIP 数据核字 (2023) 第 022461 号

吹尽狂沙始到"金"：金庸武侠全解
CHUIJIN KUANGSHA SHIDAOJIN JINYONG WUXIA QUANJIE

作　　者 / 不雨亦潇潇	
责任编辑 / 滕　蕾	装帧设计 / 树上微出版
出版发行 / 北方文艺出版社	邮　编 / 150008
发行电话 / (0451) 86825533	经　销 / 新华书店
地　　址 / 哈尔滨市南岗区宣庆小区1号楼	网　址 / www.bfwy.com
印　　刷 / 武汉市籍缘印刷厂	开　本 / 880×1230　1/32
字　　数 / 165千	印　张 / 8.25
版　　次 / 2023年2月第1版	印　次 / 2023年2月第1次印刷
书　　号 / ISBN 978-7-5317-5788-7	定　价 / 68.00元

每位武侠迷都是"江湖百晓生",每位武侠迷的心中都有自己的"兵器谱",该书为金庸小说做了简单排名与深度解读,以此遥寄"侠之大者"。

——有书创始人兼 CEO 雷文涛

前　言

如果说，美国人有超级英雄电影、日本有国民动漫、韩国有偶像剧，那么中国有武侠文化，而金庸的武侠小说又是其中的集大成者。自20世纪中叶以来，金庸武侠成了华语世界乃至整个汉字文明圈的流行元素，一定程度上重塑了我们的文化自信和历史认同感。

"飞雪连天射白鹿，笑书神侠倚碧鸳。（再加上短篇《越女剑》）"金庸小说虽只有十五部，却部部精华，篇篇极品，包罗万象，正大光明，可谓是：卷三十六，一言以蔽之，境极高。

陈世骧曾这样评金庸小说道："意境有而复能深且高大，则唯需读者自身才学修养，始能随而见之。"其小说以意境取胜，而意境是文章之魂，因此温瑞安说，金庸小说令会看的人叹服，令不会看的人满足。这种深入浅出的写法，令不同层次的读者，都能读出属于自己的精神来。

恢宏的历史背景、崇高的民族精神、平淡的语言文字、渊博的文化内涵，造就了这"空前绝后"的一代大师。金庸小说可不是随随便便写出来的，写之前，得了解人文地理、医卜星相、五行算术、历史文学；写之后，又要殚精竭虑、磨砺推敲、斧凿雕饰，方成今日之大观。非大智慧者、大毅力者不能为之，我辈小说中人岂不愧乎？

金庸说："武侠小说是写给人看的，内容也是人，什么都会变，人性是不会变的。""以人为本"正是武侠小说的精髓所在，这就叫作"文心"。读小说最重要的是把握好"距离"，有时需要设身处地将自己融入其中，有时又需冷眼旁观，保持一定距离。有人说，武侠小说是"成人童话"，这话说得不错，但相比于现实悲剧，成人童话自有其存在的价值与意义。

童话与现实，本就没有高低之分。我们不妨想想：人间的悲剧够多了，又何必再增添呢？人间的悲剧够惨了，又何必写得更惨呢？既然现实是残酷的，那何不在"童话"中找到一丝慰藉呢？其实，优秀武侠小说中的人性精神是值得我们思考回味的，其精神思想是和现实接轨的，因此，即便是童话，也是"永不褪色的童话"。

曾听人说，金庸小说如"绝色佳人"，梁羽生小说如"淡妆民妇"，古龙小说如"异族女子"。此比喻殊为精妙，绝色佳人自是风华绝代，淡妆民妇也不失真淳自然，异族女子则颇具别样风韵。三大家的风格差异，金庸占一"博"字，梁羽生占一"精"字，古龙占一"怪"字。

金庸行文行云流水，古典而不僵硬，活泼而不轻佻，潇洒而不轻狂，严谨厚实而不落俗套，引人入胜而不求异，言辞高雅而不雕琢。游刃有余，收发自如，信手拈来，深入浅出，可谓化人于无形之中。

金庸小说的版本历来也是争议的焦点，但在笔者看来，阅读的先后顺序往往会产生不同的情感。旧版对于感情的抒发具有真实性和狂热性，新版却更加意味深长、耐人寻味。读旧版如饮烈酒，慷慨痛快；读新版如饮醇酒，回味无穷。以童年观童年，则感同身受；以成年观童年，则别有一番滋味了。

本书的创作完全源自兴趣，书中的大部分文章是笔者在大学期间读金庸小说时写的一些随笔和感想。所谓"无心插柳柳成荫"，不经意间已经积少成多。本书的着眼点是人物，可以说《吹尽狂沙始到"金"》就是一部"纪传体的武侠史"，不仅是英雄史诗，也是各种深入人心的角色的人物志：多情的段王爷、野心勃勃的慕容复、一念成魔的欧阳锋、可怜的林平之、理想化为泡影的陈近南……我相信大家能从本书评述的许多虚拟角色中找到现实中真实的影子。读书不只是在读作者的感悟，更是在读自己的心。

金庸先生写的武侠小说虽然引入了许多历史元素，但是小说终究不是历史。武侠文学本来就是借虚拟的元素抒发真实的情感诉求。假作真时真亦假，本书的创作初衷一是致敬经典、二是兴趣使然、三是对金庸先生这位文坛大家的文学功底进行学习和借鉴。至于对武侠小说的某些设定进行科学性和历史性的评价，我看大可不必。望大家开卷有益，欢迎批评指正我的不足之处。

每位武侠迷都是"江湖百晓生"，每位武侠迷的心中都有自己的"兵器谱"。笔者仅以个人浅见，为金庸小说做个简单排名，遥寄"侠之大者"。

目 录

一、《天龙八部》：无人不冤，有情皆孽 ——— 1

千里渥洼种，兼祧儒释家 ——— 3

月华初起泛痴心，一念走龙蛇 ——— 6

原是有愁非仇 ——— 8

待到无碍无忧 ——— 8

喜看钟灵秀 ——— 11

一心恶难恶 ——— 13

廿年我非我 ——— 15

唤宝宝，歌星竹，舞红棉 ——— 17

杨枝难洒玉露，青萝系曼陀 ——— 18

笃诚丹心为臣，天涯万里思归 ——— 20

定保天南泰 ——— 21

人自风流，又怎奈情债难偿 ——— 22

黄眉中 ——— 23

一片枯荣 ——— 24

1

一系贪嗔 —————————————————— 25
温柔如水江南秀 ———————————— 28
柔腻渐觉惊惧 ————————————— 30
日思念，仙女难为情，语嫣然 ———— 31
百川流，风波恶，是也非也 ————— 33
恨白镜清冠，忠奸难辨 ——————— 36
雄姿英发何足惧，萧郎才气浩然存 — 36
全不想，生死亡心间，抹不去 ———— 40
八千春秋，宿命难逃 ————————— 42
终是爱恨轮回 ————————————— 43
指点恶紫夺朱，泪涌血流 —————— 45
一生梦幻泡影，如是观，亦真亦幻 — 49
复龙城鼎业，慕容神州 ——————— 51
秋水无涯人去，应笑我，身系天山，心随缥缈 — 57
恩怨转头成空，无人不冤，有情皆孽 — 59

二、《鹿鼎记》：游戏神通，自在无碍 — 61
江山故宅空文藻，云雨荒台岂梦思 — 62
京华应见无颜色，红颗酸甜只自知 — 64
后生相劝何寂寥，君有长才不贫贱 — 67
青丝白马谁家子，粗豪且逐风尘起 — 71

寺下春江深不流，山腰官阁迥添愁 —————— 76

自经丧乱少睡眠，长夜沾湿何由彻 —————— 77

往时文采动人主，今日饥寒趋路旁 —————— 79

遥拱北辰缠寇盗，欲倾东海洗乾坤 —————— 80

干排雷雨犹力争，根断泉源岂天意 —————— 83

蛮夷长老畏苦寒，昆仑天关冻应折 —————— 86

身过花间沾湿好，醉于马上往来轻 —————— 88

君王旧迹今人赏，转见千秋万古情 —————— 92

岁暮穷阴耿未已，人生会面难再得 —————— 95

三、《笑傲江湖》：唯大英雄能本色，是真名士自风流 ——98

1. 逍遥 —————————————————— 99

2. 天籁 —————————————————— 103

3. 心魔 —————————————————— 106

雪恨——林平之 ——————————————— 106

渡劫——仪琳 ————————————————— 108

苦情——岳灵珊 ———————————————— 112

4. 煮酒 —————————————————— 114

三个半佩服的人 ———————————————— 115

三个半不佩服的人 ——————————————— 120

5. 冲盈 —————————————————— 126

3

四、《射雕英雄传》：至巧配至拙，竟也天成 —— 131

时乘六龙，乾元用九——郭靖乾天之德 ——132
潜龙勿用，阳在下也——流寓漠北 ——133
现龙在田，德施普也——弯弓射雕 ——136
或跃在渊，进无咎也——回归中原 ——137
飞龙在天，大人造也——恩师再造 ——141
亢龙有悔，盈不可久——大军西征 ——142
群龙无首，天德无首——为国为民 ——143
履霜冰至，顺始顺终——黄蓉坤地之德 ——146
八卦激荡，各安其位——五绝 ——151

五、《倚天屠龙记》：路漫漫其修远兮，吾将上下而求索 ——160

孕育之路 ——161
成长之路 ——166
发展之路 ——170
归去之路 ——174

六、《神雕侠侣》：问世间，情为何物？ ——185

风月无情人暗换 ——186
一见杨过误终身 ——194
人有千面，情有千种 ——203
天残地缺，至情至性 ——208

七、《连城诀》：坏可坏，非常坏 —————— 217

八、《侠客行》：何为"侠客行"，到底"我是谁"？ —— 222

九、《碧血剑》：承志传魂，凡人悲歌 ———————— 227

十、《雪山飞狐》&《飞狐外传》：恩怨了了，如画留白 —— 230

十一、《书剑恩仇录》：书剑江湖，无色无味 ————— 235

十二、《白马啸西风》：己所不欲，勿施于人 ————— 240

十三、《越女剑》：以今之文思，写古之传奇 ————— 242

十四、《鸳鸯刀》：处处皆笑处，人人皆笑人 ————— 246

一、《天龙八部》：无人不冤，有情皆孽

《金刚经》云："无我相，人相，众生相，寿者相。"
"天龙八部"虽然是八种不同的神，却始终遵循着"不住于相"的法门。小说不是写"相"，而是写"性"——人性。

相是虚妄，性是真如。只有从小说中的人性入手，才能深解意趣，达到"入流"境界。

《天龙八部》是金庸小说中的巅峰之作，其内容之精深浩瀚，在武侠史中罕有其匹。

无人不冤，有情皆孽，有因有果，无业不报。

写尽了天道佛缘，人世情仇。

《天龙八部》是一局棋，是一局国与国、人与人、人与天之间的博弈，我们千万不要认为是上天和命运，捉弄了我们（英雄如萧峰，儒雅如段誉，憨厚如虚竹，皆为命运所弄），将之归结为天意；如果这样认为，那就曲解了小说的精髓。这部小说看似宣扬命运，实则写尽人事，看似弘扬佛法，实际不脱儒家。

无人不冤,是因为有人造冤;有情皆孽,是因为有人作孽。人与天不相胜,一切皆在人为。正所谓,积善之家必有余庆,积不善之家必有余殃。祖上所积,关乎子孙,曰"父债子还",故萧峰之死不可归之为命运捉弄,但可看作替萧远山赎罪;阿朱之死但可看作是段正淳所作恶果,由其女还,不能视阿朱死于萧峰之手,当死于康敏抑或段正淳之手。

命运不是主题,如果非要说有个主题,还不如说是——"各有各的缘法"。(段誉语)

小说回目采用填词的形式彰显大气磅礴,故笔者自不量力,亦以填词的形式来解读该书:

(调寄水调歌头)千里渥洼种,兼祧儒释家/月华初起泛痴心,一念走龙蛇/原是有愁非仇/待到无碍无忧/喜看钟灵秀/一心恶难恶,廿年我非我/唤宝宝,歌星竹,舞红棉/杨枝难洒玉露,青萝系曼陀/笃诚丹心为臣,天涯万里思归/定保天南泰

(调寄满江红)人自风流,又怎奈情债难偿/黄眉中/一片枯荣/一系贪嗔/温柔如水江南秀/柔腻渐觉惊惧/日思念,仙女难为情,语嫣然/百川流,风波恶,是也非也/恨白镜清冠,忠奸难辨/雄姿英发何足惧,萧郎才气浩然存/全不想,生死伫心间,抹不去

(调寄声声慢)八千春秋,宿命难逃/终是爱恨轮回/指点恶紫夺朱,泪涌血流/一生梦幻泡影,如是观,亦真亦幻/函谷友/复龙城鼎业,慕容神州/秋水无涯人去,应笑我,身系天山,心随缥缈/恩怨转头成空,无人不冤,有情皆孽

千里渥洼种，兼祧儒释家

"如果在我的小说中选一个角色让我做，我愿做天龙八部中的段誉，他身上没有以势压人的霸道，总给人留有余地。"

——金庸

其实这样的形象并不少见，相貌英俊，心地善良，看起来是个穷酸，实则天潢贵胄；与世无争又在无意中领悟上乘武功，自以为感情不顺却得群芳青睐。没错，是老掉牙的套路了，这种人物形象最早可以追溯到我国古代才子佳人的戏文话本，至今可以延伸到都市小说。可这样的形象又不多见，貌美而不扭捏，仁义而不虚伪，出身显贵而毫无纨绔之气。所以，段誉是一个典型，又是一个异数。

段公子清癯风骨，高洁雅量，出场无量山便博得不少女弟子的眼球。能被人称之为小白脸，想来容貌自然是不会差的。更可贵书生意气，文人风骨，木婉清钟灵之辈，虽嗤之迂腐，亦不免为之心折。说到宅心仁厚，萧峰只怕也要道一声惭愧。

萧大侠义薄云天，在招驸马之时却也想用私底手段除去慕容复这个劲敌，段誉是不会做这样的事情的。萧峰是出于对义弟的情义，段誉是出于对王姑娘的爱慕，虽然两者皆出于私，但前者仍略有受人之托之嫌，顾全兄弟也就是顾全"我"；而段誉对王语嫣的感情中是极少有"我"的，他心中所想全部为"人"，他愿意为王语嫣得偿所愿，和慕容复在一起，甚至情愿争当驸马相逼，宁可得罪了这位心机深沉

3

的情敌，也不愿所爱之人伤心流泪。这舍己为人之情怀和简单的义气又不可同日而语了。

他是皇族，不同于段延庆的落难王子，也不同于慕容家的没落王孙。镇南王的世子，未来的一国之君，极尽荣华自不用说。天下五国之中，段氏最弱，却得享国祚长久，不同于辽夏金蒙的骄横，亦不同于赵宋的文弱。故而康序、陈颖灵两位先生认为："金庸先生在段誉身上倾注了浓烈的艺术情思，熔铸了深邃的文化哲学基因，因此使得段誉身处侠林，与众侠迥异，有贾宝玉之如痴如醉之孽缘，孙悟空之翻天搅海之能耐，癫济公之笑拯生灵之心胸，光彩照人，蕴意深厚，响当当以为中华独有的逗侠人物。"

段誉的武功是很高的，但又不是很高，除逃命绝招凌波微步之外，绝世难敌的六脉神剑却时好时坏、时有时无，始终不能得心应手。只有当慕容复伤了他老父之时，他才心中气苦，灵感毕至，将六脉神剑使得天花乱坠，如有神助。读段誉以六脉神剑大战慕容复，读者心中憋了太久的一口恶气，这才如数吐出。

段誉至情，也是至性。

"纵使王姑娘见怪"，他也要全其真君子之大义，要打抱不平，要和萧峰站到一起。最后，感谢慕容复，感谢他以最卑劣的表演主动将王语嫣推了出来。段誉终于得偿所愿，王语嫣终于再世为人，被段誉的一片痴意所感动。

他是一个异数，很多人看不懂的异数。

左子穆看他不懂，无门无派为何多管闲事？司空玄看他不懂，手无缚鸡之力为何强行出头？钟灵看他不懂，家学渊源何必弃武从文？萧峰看他不懂，为何内力高深却不会半点武功？王语嫣看他不懂，为何苦苦纠缠甚至不惜性命？慕容复看他不懂，为何愿为一个寻常女子舍弃千金公主？

他有一张好看的脸，却不像鸠摩智一样用作欺骗的筹码；他有一个至高无上的身份，却不像耶律洪基一样用来扩张；他有一身绝学，却不像丁春秋一样来满足自己的私欲。

段誉是理想中的书生形象，即使其迂腐的一面也让人觉得可喜可爱。看他，他高兴时就快乐，幽默时就想笑，伤心时就落泪，他永远不去掩饰，永远不在乎别人是用怎样的一种奇特眼光来看他。他只是率性而为，却不是浪荡无形，他骨子里贵族式的尊严，无论在何种处境下都会让人记忆如新。

《天龙八部》可当作一部佛书读，主旨处处在于破业化痴。此等题意，读者应细察，方可从许多热闹场面中窥出门径，进而登堂入室。

段誉曾回忆说："爹爹妈妈常叫我'痴儿'，说我从小对喜爱的事物痴痴迷迷，说我七岁那年，对着一株'十八学士'茶花从朝瞧到晚，半夜里也偷偷起床对着它发呆，吃饭时想着它，读书时想着它，直瞧到它谢了，接连哭了几天，后来我学下棋，又是废寝忘食，日日夜夜，心中想着的便是一副棋枰，别的什么也不理。这一次爹爹叫我开始练武，恰好我正在研读易经，连吃饭时筷子伸出去夹菜，也想着这一筷的方位是'大有'呢还是'同人'。"

这是诗人的体验，也是对梦和醉的审美。段誉生活在世俗的规范和教条下，却又超脱了世俗的规范与教条，他不是一个侠客,是一个君子,是一位诗人。

文中对段誉的描写精彩处实在第四十八回"王孙落魄 怎生消得 杨枝玉露"。观此章,令人四惊四叹:惊王语嫣是段誉之妹,叹段誉良缘不再;惊段延庆杀岳老三,叹岳老三死不得其所;惊段誉为段延庆之子,叹二十年来我非我;惊慕容复杀包不同,叹包不同未择良木。

其实,段誉在文中还有一个作用——调节气氛。试看无量剑派斗剑之时,段誉之潇洒从容。

段誉轻摇手中折扇,轻描淡写地道:"一个人站着坐着,没什么好笑,躺在床上,也不好笑,要是躺在地下,哈哈,那就可笑得紧了。除非他是个三岁娃娃,那又作别论。"

段誉之"淡"是对武功之淡,对争斗之淡,也就是这种淡然,使他独具一份潇洒和从容。

月华初起泛痴心,一念走龙蛇

痴,不慧也。

佛家常以执着为痴。佛说,一切众生皆具如来智慧本相,只因妄想执着,不能证得。

月华初起泛痴心:

无崖子痴,身为人夫只能向玉像寄托相思;

李秋水痴,为了一个不爱自己的男人毁了自己一生;

无量剑派痴,只因几个虚无缥缈的身影,贪求至上武学却四分五裂;

一、《天龙八部》：无人不冤，有情皆孽

王语嫣向来痴，一心只有表哥，念念不忘；

段誉痴，一遇神仙姐姐，一生割舍不下；

虚竹痴，坚守清规戒律，未必就是佛门弟子的唯一修行；

萧远山痴，快意恩仇并不能挽回妻子的生命；

慕容博痴，枉自奔波一生，却失去了一切；

慕容复痴，探求遥不可及，忽略眼下珍惜；

萧峰痴，做了最正确的事，却一念之间结束了自己宝贵的生命。

金庸以段誉的一念痴心，引起诸般故事，从此开启全局。何尝不是在比喻这大千世界，爱恨情仇，一念生一念灭，岁月如花，一面开一面谢。混沌宇宙，又何尝不是因为一念痴心，才演化成这锦绣世界。

娑婆世界之所以被佛家认为是苦难，人之所以不能超脱，便是放不下贪嗔痴。但世间并不是所有人都追求那种虚无的超脱，若没有了这一片痴心，人又何能称之为人，若没有了这一系执念，纵使获得了永恒又有什么意味。

段誉之痴让人向往，虚竹之痴让人敬重，萧峰之痴让人觉得悲壮，就连慕容复、丁春秋等人之痴，也丰富了人物形象。戒定慧虽好，可是若是人人都戒除了三毒、皈依三宝，世上也就没有了这八部天龙，我们也就不必在这里空发一篇言论了。

痴，实不慧也，然痴心不可少，痴心之人不可无。尤其在今天这五光十色、物欲横流的世界里，保留一份痴心，尤为可贵。

原是有愁非仇

名为钟万仇，实际本无仇。因是"名字取得不好"（段誉语），故一生不安乐。名之"万仇"不若名之"万愁"，"万愁"非是愁有一万，而是愁很深，这是程度，不是数目。

他愁什么？

他大有可愁：愁段正淳之来，愁甘宝宝之去，愁自己来去无路。

正是此多愁，故他凄凉，他流泪，他恨不得杀了自己。段正淳对于他来说不是一个人，而是一种光芒，一种使得自己自卑，又因自卑而嫉妒甚至产生仇恨的光芒。文中虽然没有交代钟万仇的结局，但我们想得到，他恨的人死了，他爱的人也死了，他该如何呢？

他也只有死。

因为他已不再有活着的任何意义。

甘宝宝的一个誓言，到头来让钟万仇永生没能翻身。可怜！可叹！

待到无碍无忧

说到木婉清，人们的印象是"冷、狠、孤、邪"，其实她应该是"悲"。

她的前半生完全是生活在碍和忧之中，可以说，她是一个很苦命的女子，半生没有得到真正的快乐。遇段誉之前，她心碍心忧；遇段誉之后，她情碍情忧。直到最后，天命轮转、人事一新了，她才能真正无碍无忧，至此，有情人终成眷属。

由于秦红棉偏激的教育，使木婉清的性情变得十分古怪：蛮横、无礼、狠辣……种种坏性情，不一而足。其实这种情感教育略微带有一些报复色彩，秦红棉将自己对段正淳的恨，自然而然地转到了木婉清身上，这也是秦红棉为什么有时会突然无故责骂木婉清的原因。段正淳的女儿们多多少少都会有她们母亲的影子，也就是说，从段正淳的女儿身上，我们也可以略微看出：段正淳情妇们的性格和她们对段正淳的态度。我们不妨称之为"借尸还魂"——借其女儿之性情，以窥其情妇之性情。

木婉清压制的情感，是在段誉的促成下逐渐溢出来的。她初次露面时，对世人充满了深深的敌意，简直是要与人类为敌了。似乎她对世上任何事情都漠不关心，又似对人人怀有极大敌意，恨不得将世人杀个干干净净。

但她在与段誉接触一段时间后，我们可以发现她的戾气减少了。那女郎道："我师父说，世上男人就没一个有良心的，个个都会花言巧语地骗女人，心里净是不怀好意。男人的话一句也听不得。"

这时她的仇恨范围由世人缩小到了男人。再到两人同生共死时，木婉清竟能够关心一个男人了。木婉清一双妙目向他凝视半晌，目光中竟流露不胜凄婉之情，柔声道："'名誉极坏'什么的，是我跟你闹着玩的，你别放在心上。你又何苦要陪着我一起死，那……那又有什么用？你逃得性命，有时能想念我一刻，也就是了。"

段誉揭开了木婉清的面纱，也就是揭开了其心中压制情爱的枷锁；他打开了屋子，将木婉清救了出来。这时的木婉清只有在段誉身边才不会感到寂寞孤独，这又很像是小龙女初出古墓时对杨过的依赖。但不幸的是，段誉将木婉清从一个屋子放了出来，紧接着又把她关进了另一个"屋子"。这次的打击恐怕更大，以至于她"万念俱灰"。

世界上最悲哀的事是什么？是一辈子看不到希望。

世界上最最悲哀的事是什么？是刚看到希望，这个希望就破灭了。

木婉清无疑就经历了这两件极大悲哀，难道还不可怜吗？当她知道段誉是其兄长后，她大喊道："我不信，我不想。"不信，那是对命运的质疑；不想，却是对命运的无奈。段延庆的"小黑屋"岂不就是爱情的小黑屋，木婉清大喊"我要出去"，但当段誉劝她时，她又大喊"我不出去"。屋子里虽然痛苦，但却有心爱之人相伴，出去又能如何，出去并不是解脱，而是更深的牵绊。

当她再次遇到段誉时，问了段誉三个问题："你想我？你为什么想我？你当真想我了？"

第一个问必是带着不屑和冰冷而问，问的是段誉；

第二个问当是带着无奈和悲痛而问，问的是天；

第三个问应是带着激动和质疑而问，问的是情爱。

三个问题，三种态度，这三个问的含量远在银川公主那三个问之上了。

最后用木婉清的一句心得作结。她叹了口气，说道："像我妈，背后说起爹爹来，恨得什么似的，可是一见了他面，却又眉开眼笑，什么都原谅了。现下的年轻姑娘们哪，可再没我妈这么好了。"

喜看钟灵秀

活泼可爱、纯真自然的邻家女孩，本就是很讨人喜欢的，钟灵便是如此。之所以用一个"喜"字，那就很有门道了。

钟灵能让和她接触的人都喜欢上她，这实在是很了不起的事情，将其归之为"魅力"也未尝不可。首开书卷，便观钟灵与段誉之际会，两人相遇可谓千载一时，盖二人皆以本色入江湖，钟灵以江湖本色（初出茅庐的江湖人），段誉以朝堂儒士本色，二人皆无江湖机心，而有赤子之怀，故能以诚相遇，以诚相结，以致以死相救，故段誉喜看钟灵。

天真活泼而不失公义之心，娇生惯养而无骄矜之气，情爱不成而心胸开阔，令读者观之，不得不喜。正是因为天生的灵秀纯真，才使得自己走出爱情的牢笼，比之木婉清的执着，更多了一丝豁达和潇洒，仅此，足可喜矣。

小说中这样描写钟灵的形貌：那少女约莫十六七岁年纪，一身青衫，圆脸大眼，笑靥如花，显得甚为活泼。

段誉青衫，钟灵也是青衫，所谓相得益彰，以显本色。圆脸大眼，笑靥如花，金庸将所有的可爱汇集到这一人身上，我等又岂能不爱，但这爱多半是像一个兄长对小妹妹的关爱，非男女情爱矣。段誉也必有此感，而钟灵对段誉亦然，与其说是爱，倒不如说是一种仰慕和依赖。"你没骗我"便是她心中的"你待我最好"，少女纯真之心、依赖之心，当是如此。纵观钟灵，可分两段。

故称之为：前表钟灵秀，后表钟灵羞，前言无忧无虑，后言满是情意。

所谓"前"便是从第一回到第十回，所谓"后"则是第四十四回钟灵再现。骨子里虽然仍是纯真不改，但肌理上已大为不同。前面无忧无虑，不知愁为何物；后来再次出现时，作者在她和段誉的一段对话中，共用了七八个"脸红"，在情郎面前，她已经由原来的"秀"变为了"羞"，这自然和年龄有关，但不容忽视的是，这也是两人情意加深的表现。

钟灵之秀，段誉之情，尽皆寓于一物——钟灵的鞋。此鞋当真增"秀"不少。书中对鞋的描写层出不穷。

但见那少女双脚前后一荡一荡，穿着双葱绿色鞋儿，鞋边绣着几朵小小黄花，纯然是小姑娘的打扮。

鞋之活泼可爱，跃然纸上，故以鞋喻人，大是巧妙。

段誉忙除下钟灵脚上一对花鞋，揣入怀中，情不自禁地又向钟灵瞧去。钟灵格的一声，笑了出来。

段誉将鞋揣进了怀里，便是表达了他对钟灵的情意，可能他这时还是朦胧的（此段似杨康和穆念慈）。最后，段誉报完信时又把鞋揣进了怀里，这时钟灵便已经走进了他的心里。后来两人再次重逢时，段誉最先想起的仍是那双绣了黄花的绿鞋，这回他对钟灵的情再次由内心深处涌了上来。

哭就哭，笑就笑，哭笑由心而不染一尘；嗔就嗔，喜就喜，哭喜在我而不掩一毫。此之为钟灵之真性情。

钟灵哭道:"我不是大丈夫!我不要视死如归!我偏要示弱!"害怕则哭;

钟灵嘻嘻一笑,低声道:"你是真的心里说我美丽呢,还是骗我开心说的?"高兴则笑;

段誉说谎则嗔,坦白则喜,她不在乎段誉心中有王语嫣这个人,她在乎的是段誉绝对不能欺骗自己。

金庸写钟灵出场的确写得很精彩,但遗憾的是靡不有初,鲜克有终。每次收场都不尽人意,第一次因为木婉清的一声呵责威胁,便掩面而走;第二次则是平淡无奇的收场,做了王语嫣和阿碧的炮灰,也许是金庸故意做此态而平淡收尾吧,毕竟五十回看下来,令人心胸澎湃,故以此做药以救读者波澜之心。

一心恶难恶

金庸不仅写恶人是一绝,写浑人也是一绝,何况是南海鳄神这"浑浑恶恶"之人呢?要是用一句话概括南海鳄神的一生,那就是:成也段誉,败也段誉。

因为遇到了段誉才使他人生精彩起来,他的一切精彩行为都是围绕段誉进行的,但也因为如此,使他的人物形象有了局限性,不像桃谷六仙那样更具有独立精神。他最后为救段誉而死,作者借段延庆之手杀他,却是杀得妙。父亲杀徒弟,老大杀老三,如此设计,巧夺造化!

四大恶人很有趣,四个人中只有段延庆有真实姓名,余下三人皆用外号称呼。也许是他们心中都有埋藏在心底的苦，都有不堪回首的过往，所以这名字——不要也罢。

南海鳄神的出场是十分风光的，是以一个好笑的高手身份出场。那人哈哈大笑，说道："逃不了啦。老子是南海鳄神，武功天下第……第……嘿嘿，两个小娃娃一定听到过我的名头，是不是？"

狂得可爱，说得可笑，听其言便知是浑人一个，观其貌便知是笑人一位。其面貌可以说是惊世骇俗了，全身上下都以"不协调"为美，大脑袋、尖牙利齿、豆子般的眼睛，这么一看不愧是条大鳄鱼，但"神"字不如改为"怪"字更加合适。

生平只有一个愿望：做事越恶越好。可惜还是无法超越前人，提高排名；生平只有一条规矩：面子那是万万失不得，可惜还是拜人为师，面子尽失，处处矮人一辈。段誉笑道："南海鳄神还明白有理无理，那也就没算恶得到家……"段誉一句话可以说是给南海鳄神下了盖棺定论，他注定难以"恶到家了"。因为他既敬佩叶二娘的义烈，也一心敬爱段誉这个师父，有此两善，已经注定他不能再恶了。

岳老三是个恶人，但也是个有意思的人，我们读者也不希望他死，但杀人就要有报应，他必须死，那么谁来杀他就是个问题，谁来杀他最合适，当然是比他还恶的段老大了，这下他也算死得其所。

廿年我非我

> 心灵是个自主的地方，一念起，天堂变地狱；一念灭，地狱变天堂。
>
> ——弥尔顿《失乐园》

其实，段延庆就像弥尔顿诗中的魔王路斯弗，统领地狱的大权，抵不上他回忆自己曾是"光明之子"的痛苦。

所谓无人不冤，有情皆孽，本书是以慈悲之心来写邪恶的。"一失足成千古恨，想回头，那是再也不能了。"丁春秋一语道破段延庆一生的悲哀。对于他而言，其实最大的痛苦不在于父皇死于人手，亦不在于自己英俊容貌尽毁，落得一身残废，段延庆最大的痛苦是"我不能再为善了"。

作为段誉生身之父，年轻时自当有一份飘逸潇洒。皇太子之尊，想来更有几分意气风发。优渥的生活，万人之上的尊荣，今昔对比，固然可惜。而曾几何时的名门之后，却沦落到与江湖上的魑魅魍魉为伍，恶名为世人所不齿，这相比容貌大异、权势不复之苦，岂不是更痛上千万倍！

我是我，我又不是我。

星宿老怪对段延庆用的虽是邪术，挖掘的却是其内心的真我，这也是全书有"天下第一恶人以来"第一次真情流露。虽然"恶贯满盈"，心中实有万分不得已，虚竹投之以桃，段延庆报之以李，从此就能看出段延庆心中也是有是非之念的。

但可惜，这一点微末的是非善恶之念也只能深藏潜意识之中。自伤愈练起邪派武功，仇恨的种子逐渐淹没了名门正派出身的侠义之心。一步错，步步错，自此之后在段延庆身上，也再难见到一系仁念，纵然对最忠心的部下狠下杀手之后，也不过是愧疚之色一带而过。

所以人们常说可怜之人必有可恨之处，既然深知家破人亡之苦，那就更应懂得幸福美满的不易，而不是把这种痛苦强加于无辜之人。失去了许多，就更应该珍视仅有的美好，段延庆只知"以血还血，以牙还牙"，却不知"己所不欲，勿施于人"。他也正应了另一句话：无论你遭受了多么大的痛苦，它也不是你成为坏人的理由。"恶贯满盈"虽出自不得已，但即便万不得已，仍是恶贯满盈。

我们说本书是以慈悲心来写邪恶的，是因为金庸先生最后给了段延庆解脱。"天龙寺外，菩提树下，花子邂逅，观音长发。"万念俱灰时，刀白凤赐予的一段露水情缘，于段延庆而言，是观音菩萨的慈悲，是绝望边缘的慰藉，也播撒下生命之种，致使功德圆满，让段延庆在浑噩的地狱中第一次看到了人生曙光。

其实段延庆争夺皇位，以及为之所做的一切：他勤修武功，怒雪前仇，他收揽三大恶人威震江湖，与其说是放不下那份曾属于自己的权位，不如说是为自己昏暗而残缺的人生找到一丝希望，他一直在找。他放弃过名誉，放弃过尊严，可是没有放弃过寻找希望。

他最终找到了，血浓于水的骨肉是他生命的延续；他终于释然了，争夺了多年的皇位，无形中归到自己一系，得偿所愿，可见冥冥中自有主宰。他最后解脱了，父子相见，发现人世间最普通的骨肉至亲，胜过了江湖虚名，胜过了锦绣江山，甚至胜过自己的生命。只因为他是我的儿子，我有一个儿子，我段延庆和你们一样，也是人。至于其他，花非花，雾非雾，尘归尘，土归土，我有求而来，我飘然而去，我解脱了，我终于解脱了……

唤宝宝，歌星竹，舞红棉

段正淳风流无双，他的众位情妇也各有风韵，不拘一格。甘宝宝于其中性最刚；阮星竹于其中性最柔；至于秦红棉，那是典型的说得刚、做得柔。

甘宝宝虽然心里仍是只有段正淳，但已身为人妻，本性之中更有一分义烈，连段正淳见了她那凛然姿态也不敢放肆，最终不过是唤得几声罢了。她对段正淳是怨、是气，这在她对段誉和钟灵身上都看得出来。

只听得甘宝宝长长叹了口气，过了一会，幽幽地道："倘若你不是王爷，只是个耕田打猎的寻常汉子，要不然，是偷鸡摸狗的小贼也好，是打家劫舍的强人也好，我便能跟了你去……我一辈子跟了你去……"

甘宝宝愿意跟随段正淳做小贼老婆、做强盗老婆，然而这些话她只能在无人处独自倾诉，在公共场合从未表露出对段正淳的挚爱，此非大毅力者不能为之。相比之下，秦红棉对段正淳的怨恨则更多一些，当然，这种恨和爱也差不了多少，是一个女人对负心汉正常的怨恨，和康敏那种丧心病狂自是不能同日而语。独舞五罗轻烟掌，双杀曼陀王夫人，秦红棉对段正淳的爱有些狠，甚至怨恨到其他和段正淳有关的女子身上，因此也造成了木婉清性格上的缺失。

阮星竹恐怕算得上是和段正淳相守时间最长的女子了，正因为她的柔，使得她能容，一种近似于圆通的"无所谓"，使她得到了暂时的幸福。和她相比，其他女子就显得不幸运了，在我们看来，阮星竹是最聪明的女人，是最懂男人的女人，所以段正淳连去少林赴会也带着她。

段正淳的女人们，就如段正淳歌咏阮星竹的那首词一样："相见时稀隔别多，又春尽，奈愁何。"

杨枝难洒玉露，青萝系曼陀

一念报复却是渡化一人，一身作践还是难忘一心。

为了报复段正淳的多情，刀白凤宁愿把自己奉献给这世间最低贱、最不堪的男人，却不想正是如此，却救了段延庆的一生。

"天龙寺外，菩提树下，花子邂逅，观音长发！"

刀白凤在段延庆的眼里心里，就是个"白衣观音"。也许在他人眼里，她虽然美貌，虽然像极了圣洁在上的观音大士，那也只是"画中观音"（木婉清语），只是说她的外貌气质。但对于段延庆来说，她确是个不折不扣救苦救难的观音菩萨。

没有当年的杨枝玉露，也许段延庆早就死了，没有如今

一、《天龙八部》：无人不冤，有情皆孽

的少年子弟（段誉，当真是"谁家子弟谁家院"），也许段延庆永远不会活过来。所以刀白凤是段延庆心中永远的救苦救难观世音菩萨，以至于让他这个大恶人最后能够"低下头来，双手合十"。

林间草丛，白雾弥漫，这白衣女子长发披肩，有如足不沾地般行来。她的脸背着月光，五官朦朦胧胧的瞧不清楚，但神清骨秀……身周似烟似雾，好似笼罩在一团神光之中。

这便是段延庆眼中的刀白凤，也只能是他眼中的刀白凤。此时他朦朦胧胧了，她也是朦朦胧胧，就在这双方都朦朦胧胧的情况下，发生了一段朦朦胧胧的故事。段延庆恍惚，读者恍惚，刀白凤恍惚，就连月亮也已经恍惚了：

淡淡的微云飘来，掩住了月亮，似乎是月亮招手叫微云过来遮住它眼睛，它不愿见到这样诧异的情景：这样一位高贵的夫人，竟会将她像白山茶花花瓣那样雪白娇艳的身子，去交给这样一个满身脓血的乞丐。

读至此处，令人神迷！

刀白凤和段正淳其他的女人一样，表面上恨得死去活来，心里却爱得极深，直到最后弥留之际，这个坚强的女子才说出自己的心声："你不放在心上，我却放在心上，人家也都放在心上！"

无论怎样，她终究深爱段正淳，只可惜段正淳已经听不到了。

李青萝（王夫人）在段正淳的诸位情人中可以说是最漂亮的，也是最狠的，更是陷溺最深的。她对男女之间的爱情

19

有着极为鲜明的看法——既然花言巧语地将人家骗上了，那就非得娶她为妻不可。

所以当段正淳不能满足她这个标准时，她就会恨，而且恨得厉害。在对李青萝的描写中，金庸再次运用了"以花寓情"的功夫（《神雕侠侣》中经常以情花寓情），这里金庸以"曼陀罗花"喻李青萝对段正淳的情。不像情花那样具有普遍性，这曼陀罗花是特殊的，其实一开始作者就借段誉之口告诉了读者：王夫人不懂情。（段誉道："我笑你不懂山茶，偏偏要种山茶。"）纵观全文，王夫人和段正淳的情也是最黯淡的，王夫人自以为是爱情中的"十八学士"，却不想待到后来终究只是"抓破美人脸"而已。

她的要求太高，甚至想独自占有。也许她自始至终都明白段正淳对她是真爱，只不过她是那种：看得到真实，却还要寻找另一种真实的人。直到最后，直到死，她才能让自己变得更真实：

王夫人嘴角边露出微笑，低声道："那就好了，我原……原知在你心中，永远有我这个人，永远撇不下我。我也是一样，永远撇不下你……"

唉，早知今日，何必当初，看不开，果是悲剧的根。

笃诚丹心为臣，天涯万里思归

可能是为了凸显段家父子的风流倜傥，段氏四大家臣的个性压抑了很多；可能大理偏处天南，他们的武功比之中原一流的人物逊色了不少；也可能是角色设定的问题吧，同样作为臣属，比之包不同与风波恶，他们更是乏善可陈。总而言之，褚古傅朱四大家臣算是书中最平淡无奇的人物了。但我们也发现，几乎所有的武侠小说中，都少不了这样平淡无奇的人物，就像超级英雄片永远也少不了穿着紧身衣的超人一样。

红花虽美，若无绿叶陪衬岂不单调。书中的忠孝仁义，是非善恶，没有一样是只靠红花就能表现完美的，有人出彩，就要有人甘于埋没，甚至甘于牺牲。只是四大护卫毕竟不同普通江湖中人，官府之气重了一些，行走江湖时未免少了些英雄气，朱丹臣初见木婉清就担心公子受女色诱惑；傅思归、古笃诚虽有忠心，才智上实在乏力；褚万里之死固然可悲，却也未免太不知变通。

故而我辈当：取其直，不取其拗；取其纯，不取其腐；取其忠，不取其愚。

定保天南泰

"上关花，下关风，下关风吹上关花。苍山雪，洱海月，洱海月照苍山雪。"

赵匡胤一句"此地非吾所有也"，上演了一出"宋挥玉斧"的美谈，或是出于历史的巧合，在烟尘四起之际留下了这一片风花雪月。而这片浪漫土地上的君主，也大多成为金庸笔下的风流才子，唯读者们所津津乐道。

小说中，段正明慈祥温厚，有一个风流成性却忠心耿耿的兄弟，还有一个文武双全、才貌俱佳的继承人。宰执尽忠职守，臣民倾心归附。天伦美满，君臣鱼水，段氏家族每一代似乎都如此幸福，简直是天下人眼红的生活。

人自风流，又怎奈情债难偿

段正淳是什么人？

情中之魔，情中之狂也！

此人之功力当真登峰造极，如果说在武侠界甚至整个情场，能胜过他的人也就只有一个韦小宝了。为什么他是情魔，不是他为情痴狂，也不是他用情猖狂，而是他用情的手段和结果以及气势令人动容。天南海北，过去从前，竹棉萝凤，尽入他手，一网打尽，试问谁有他厉害！

段正淳空空妙手，同时偷走了几个如花女子的心，也真难为他心里竟能装得下这么多人。他对秦红棉"满嘴鬼话"，对甘宝宝"肃然起敬"，对刀白凤又爱又敬，对阮星竹一身轻松……他对每个女子都爱得真，爱得深。正如他自己所说："我从不好色。"

但即使如此，他心中仍是十分痛苦，因为他无法解决自己和这些女人之间的关系，这是情债，最是难还。

他颓然坐入椅中，慢慢斟了一杯酒，咕的一声，便喝干了，望着妻子跃出去的窗口，呆呆出神，过了半晌，又慢慢斟了一杯酒，咕的一下又喝干了。这么自斟自饮，一连喝了十二三杯，一壶干了，便从另一壶里斟酒，斟得极慢，但饮得极快。

这正是段正淳内心痛苦、纠结的体现。

但我更认为，段正淳是一种模式的开启——一种大环套小环的双环模式。我们可以发现金庸后期的小说有一个特点，那就是多女主（没有绝对女主），《倚天屠龙记》是一个过渡，《侠客行》《天龙八部》《鹿鼎记》是最好的成果。尤其是《天龙八部》这部小说，不仅是多女主而且是多男主，而在三大男主之下更有段正淳这个"小男主"，在诸多女主之下（段正淳的女儿们），更有诸多小女主（段正淳的情人们）。因此，段正淳的地位就凸显出来了，他是诸位女主和一位男主（段誉）的爹，是读者心中绝对男主（萧峰）名义上的岳父，又是自己那一环中绝对的男主。

正是"段正淳模式"的开启，才使得这部小说更加恢宏复杂，环环相扣。

黄眉中

黄眉僧在文章中着墨不多，也没有什么特殊的地方，一看名字本以为他是一个中正平和之人，但看他为救段誉自残形体，虽然高义令人起敬，却总觉得怪怪的，似乎与其名字不太符合。

黄眉僧的作用其实就是"三出"，哪三出呢？

借他之口说出"不会武功，也能杀人；会了武功，未必杀人"的话；

借他之力救出身陷囹圄的段誉；

借他经历引出姑苏慕容氏的厉害。

关于段誉对武功的误区见解，已经成为武侠小说中的老生常谈，郭靖如此，段誉也如此，但最后也都因为自身经历大彻大悟，此系惯用套路无甚新意。试想：主人公不会武功如何叫作武侠，就算是韦爵爷那也并不能算是完全不会武功。

黄眉僧与段延庆下棋一段颇有些惊心动魄，这是小说中的第一局实实在在的棋局。前面说过，《天龙八部》就是一盘棋，只不过下棋人往往变换罢了。黄眉僧的棋力不如段延庆，结果却是段延庆弃子认输，这其间不得不归功于各种因素，有天意也有人事，这盘棋就是整个小说的缩影——命运、人事使得一盘棋变得错综复杂，因此小说也就变得无人不冤，有情皆孽了。

一片枯荣

枯荣大师在小说中昙花一现，仅出现在第十回中（剑气碧烟横），但其光彩却不容忽视。在此回中，金庸运用各方面对比，凸显出枯荣大师的光辉形象，可称之为：欲枯反荣，欲荣反枯。

写鸠摩智宝相庄严却行为卑鄙，是个不折不扣的伪君子；写枯荣僧半枯半荣却智勇兼备，是个确确实实的大德者。小说中鸠摩智和枯荣大师分别斗了三场，结果是鸠摩智三战三败。

出场便败，枯荣大师以佛门狮子吼出场，极具声势而不失佛门高手身份，鸠摩智却是用金笺书信作为拜表，一出便落了世俗下层；

比武再败，先后两次中了枯荣大师之计，剑谱被焚毁，衣衫被划破，不禁恼羞成怒；

最后大败，身为高僧竟行为卑鄙、暗中偷袭，偷袭保定帝在先，抢走段誉在后，不仅武功智计败了，就连人品也一败涂地。

"只见西首蒲团上坐着一个僧人，身穿黄色僧袍，不到五十岁年纪，布衣芒鞋，脸上神采飞扬，隐隐似有宝光流动，便如是明珠宝玉，自然生辉。"

如此人物竟是卑鄙小人！

"左边的一半脸色红润，皮光肉滑，有如婴儿，右边的一半却如枯骨，除了一张焦黄的面皮之外全无肌肉，骨头突了出来，宛然便是半个骷髅骨头。"

如此人物却是有德高僧！

仅此一端，当知人心险于山川，殊难测度。

一系贪嗔

对于鸠摩智，很不幸，他和金轮国师有着一样的遭遇，那就是一出场就败，败得彻底，一败到底。他的一生可以说是：出自污泥，灭自污泥，脚踏莲花却心为污泥所染，深陷泥淖却由污泥而得涅槃。

且看这大轮明王，本是高僧大德，一出场却以金笺致意，当真俗气得很；比武不胜，被枯荣大师所败却又卑鄙阴险，暗中偷袭，可谓高僧之德尽丧，令人看了大皱眉头。仅以此观，在读者心里鸠摩智已经败得体无完肤了。

　　此人当真了不起，每出现一次，都更可恶一层，令人越来越恨，直至恨到最后却令人再也恨不起来了，这也是金庸顶尖的善写恶人之手法。

　　水榭听香一段，鸠摩智"败"得更厉害，他已经可以和岳不群争锋了。他不断游走在伪君子和真小人之间，而且变化之快令人咋舌，还不如岳不群的伪装到位。正如段誉所想："南海鳄神等四大恶人摆明了是恶人，反远较这伪装'圣僧'的吐蕃和尚人品高得多了。"鸠摩智的"险刻戾狠之意表露无遗"使他的形象一落千丈，但是在外人眼里却总是先要装出高僧大德的样子来，而这伪装总是不能持久，一见对方不遵从自己之意时，便将本性暴露无遗。

　　越是大奸大恶之人，越沉得住气，实际上鸠摩智是没能沉得住气，他这半生都被名利束缚着，找不到真实的自我。

　　珍珑棋局一节，鸠摩智再现，这次更可恶了，他秉承着自己得不到也不让别人得到的心理而来，就是来搞破坏的，这叫作"小人乘人之恶"。表面上没有做什么坏事，实际上已坏事做绝，何况坏的还是故人之子。（慕容复）

　　少林扬威一节，鸠摩智更加不堪了，其中有一段往事如烟，介绍了鸠摩智像一个鸡鸣狗盗的小贼去偷小无相功，去屋外偷听人家说话，这和他在少林寺前运用七十二绝技的神

一、《天龙八部》：无人不冤，有情皆孽

威形成了鲜明对比。一读至此，什么都不用说，鸠摩智已经是不堪到底了。

扫地僧说法一节，鸠摩智将他的不堪上升到了国家层面，一心附和慕容博，唯恐天下不乱，以图吐蕃也能分得一杯羹。对于扫地僧的良言规劝犹如不闻，刚愎自用更兼生性多疑。

对于鸠摩智，他始终为名利束缚，而武功佛法都是他获得名利的途径。

鸠摩智登坛说法之时，自然妙慧明辨，说来头头是道，听者无不欢喜赞叹。但此刻身入枯井，什么涅槃后的常乐我净、自在无碍，尽数抛到了受想行识之外，但觉五蕴皆实，心有挂碍，生大恐怖，不得渡此泥井之苦厄矣……想到悲伤之处，眼泪不禁夺眶而出。他满身泥泞，早已脏得不成模样，但习惯成自然，还是伸手去拭抹眼泪，左手一抬，忽在污泥中摸到一物，顺手抓来，正是那本"辛"字《小无相功》。霎时之间，不禁啼笑皆非，功法是找回了，可是此刻更有何用？

这段描写写得便是追名逐利的世人。事业有成、名利在握之时，那是何等威风光彩？可一旦陷入困境，便什么都使不出来了，昔日的光辉荣耀只能使他们更加痛苦不堪。大起大落最伤人，这个时候，那些平日里趾高气扬、追名逐利之人必定和鸠摩智一样，在阴暗处、于囹圄中痛哭流涕又不禁懊悔：追名逐利，何苦来哉！

人总是在困厄之中才会更清楚地认识这个世界，武功没了，名利没了，鸠摩智终于大彻大悟了。

段誉道："大师要回吐蕃国去吗？"鸠摩智道："我是

要回到所来之处，却不一定是吐蕃国。"

回到所来之处，所来之处是为何处？

儒家人性本善，道家见素抱朴，佛家本来无一物，所来之处便是善，便是朴，鸠摩智回归此处，便是回到了一个涅槃的境界。

温柔如水江南秀

"满脸都是温柔，全身尽是秀气"，阿碧就像江南美景一般，无处不显出淡淡的温柔。她在小说中出现的淡，唱的曲子淡，对慕容复的感情也淡，但就是这淡淡的感觉却让人印象深刻，丝毫不觉其淡，反而有种莫名的感觉，别样的风味。

就连她对慕容复的些许相思情意，也是淡的，但我们要明白：淡，绝不是一种程度，而是一种美和性情。阿碧这种淡淡的气质，能让人心中一片安宁，能让人了却俗世之心，甚至能让人清心寡欲。

今日在江南初见阿碧，忽然又是一番光景，但觉此女清秀温雅，柔情似水，在她身畔，说不出的愉悦平和……心想倘若长卧小舟，以此女为伴，但求永为良友，共弄绿水，仰观星辰，此生更无他求了。

阿碧所代表的境界，最具有诗情画意，最为纯真高洁，是一种精神境界上的超脱，是真正的神仙中人。而比起她来，王语嫣不过是尘世中一个普通的漂亮女子罢了。到了最后，段誉心中想得更多的不是那个尘世中的王语嫣，而是那个淡淡的阿碧。

　　王语嫣衣衫华丽，两颊轻搽胭脂。阿碧身穿浅绿色衣衫，明艳的脸上颇有凄楚憔悴之色……语音呜咽，一滴滴泪水落入竹篮之中。

　　王语嫣和阿碧站在一起，就会光彩全无，直到此时，阿碧的感情流露依旧是如此的清淡，正是这清淡的一滴滴泪水，深深滴进了读者心中。

　　说起神韵来，当推阿碧、阿朱为首。阿碧一出，则尽显温柔，神秀骨清；吴侬软语令人览之一新、观之一乐，然此软语得出自温柔之口，方才更见功力。唯有阿碧方可说出如此言语，唯有阿碧才能使吾辈爱此软语。

　　跟着便是一道道热菜，白果虾仁，荷叶冬笋汤，樱桃火腿，龙井茶叶鸡丁，等等，每一道菜都甚别致。鱼虾肉食中混以花瓣鲜果，颜色既美，且别有天然清香。段誉每样菜肴都试了几筷，无不鲜美爽口。

　　连菜也做得如此雅致，其人可想而知。正如段誉所说："有这般的山川，方有这般的人物。有了这般的人物，方有这般的聪明才智，做出这般清雅的菜肴来。"在阿碧的清雅之下，又写出了阿朱的伶俐，清雅之气中更注入了一道灵气，令人心旷神怡，不由不赞叹。金庸写小说，就像朱碧二人做菜一样，当真是写文章如烹小鲜，肥而不腻！

柔腻渐觉惊惧

康敏是书中的一个非常厉害的角色。她柔到了极处，腻到了极处，也毒到了极处，她一生中只有一个最爱的人——自己。萧峰因为没看她一眼就遭她陷害至此，差点身败名裂；段正淳因为不能娶她为妻便遭她下毒，差点变成髑髅。

康敏是外柔内毒的狠角色，就连萧峰也对她惧怕三分。

乔峰缓缓转头，瞧着这个全身缟素、背影苗条，娇怯怯、俏生生、小巧玲珑的女子。

这是她的柔。

马夫人一直背转身子，双眼向地，这时突然抬起头来，瞧向乔峰。但见她一对眸子晶亮如宝石，黑夜中发出闪闪光彩，乔峰微微一凛。

这是她的狠。

桌上一个大花瓶中插满了红梅。炕中想是炭火烧得正旺，马夫人颈中扣子松开了，露出雪白的项颈，还露出了一条红缎子的抹胸边缘。炕边点着的两支蜡烛却是白色的，红红的烛火照在她红扑扑的脸颊上。

这是她的腻。

康敏厉害就厉害在她能将这三种特点糅合在一起，令人想不到、看不穿，又常常出人意料之外。这样的女人本就不是萧峰和段正淳所能对付的，幸好，她遇见了对手，康敏害了阿朱，却死于阿紫之手，这便是因果。

阿紫没有直接杀她，却采用了更厉害的手段，那就是让康敏临死之前看到了自己以前看不到的东西——自己的丑恶。

其实康敏自来就是丑恶的，这不过是她的原形毕露而已。看过《西游记》《封神榜》的人都知道，凡是妖魔鬼怪临死之前都会现出原形，现出原形就意味着失败来临，而康敏正是如此。

她现出了原形（内心深处的丑恶），那她就离死不远了。金庸如此写，也就是把康敏当作妖魔鬼怪来写，虽然她是人，但妖魔鬼怪岂不就是来自人吗？

马夫人往镜中看去，只见一张满是血污尘土的脸，惶急、凶狠、恶毒、怨恨、痛楚、恼怒，种种丑恶之情，尽集于眉目唇鼻之间。

这便是康敏的本来面目，也是那些妖魔鬼怪的本来面目。

日思念，仙女难为情，语嫣然

王语嫣、段誉、慕容复极其相似，他们都有一个梦——痴梦，也都有一个魔——心魔。段誉前面活在梦中，最后梦醒了，不再睡了；王语嫣活在梦中，然后醒了，不想醒了之后又睡着了；慕容复一直在梦中，未曾醒来。

段誉的心魔是心中完美化的王语嫣，而王语嫣的心魔何尝不是完美化的慕容复。之所以能称之为心魔，那这个魔就一定是经过自己用心打造出来的。

段誉爱王语嫣吗？不是很爱。他最爱的、真正爱的是那个心中的玉像，王语嫣不过是恰逢其会，长得比较像罢了。

眼前少女却端庄中带有稚气，相形之下，倒是玉像比之眼前这少女更加活些。

一尊玉像怎么可能比一个活生生的人更活些呢？客观上这是不存在的，但在段誉主观看来，他爱的是玉像，自然而然的，玉像就会胜过王语嫣了。有意思的是段誉把对玉像的情感全数寄托到王语嫣身上，而王语嫣对段誉却是"一时感动，随时淡忘"。王语嫣把全部情感给了慕容复，慕容复回报的恐怕也只是"一时感动，随时淡忘"吧。

三人都是单相思，都在独自追求自己心爱的东西，而从来没有产生共鸣过，各自为战又怎能心意相通？

段誉初见王语嫣时，她便是带着"朦朦胧胧的忧思"，为自己忧思，更为慕容复忧思，她为了慕容复而背诵武功秘籍，她的一切岂不都是为了慕容复，她的痴丝毫不逊于段誉。

这种忧思朦朦胧胧多了几分虚幻缥缈，少了几分真实可循。因为她自己没有很清楚意识到这是怎样的忧思。实际上这就是一种没有结果终成空的忧思，慕容复只想复国，王语嫣要想成功和慕容复结合，那只能投其所好，为他的复国大业献身。

很显然，王语嫣对慕容复复国的态度和她母亲是一致的，当慕容氏主仆拔刀向天立誓复国时，她却"缓缓转过身去，慢慢走开，远离众人"。在慕容氏面前，她只是门外人，永远也不可能和他们成为一路，所以王语嫣这种相思终归是没有结果的。

污泥井底使王语嫣大梦初醒，她终于知道了她的痴、她的幼稚，在一种极其特殊的情况下，她狠心放下了心中的魔，走到了段誉身边。

她倒也不是突然改而爱上段誉，而是走投无路之际，忽现生机，蓦地里大梦初醒……王语嫣心头一酸，道："我不想嫁表哥了。因为……因为……你待我太好。"

　　即使如此，她字里行间流露出的只有对段誉的感激感动和对慕容复的失望，其中真爱的成分没有千分之一。所以到后来听说段誉是自己哥哥时并没有什么激烈表现，甚至心中没有波澜，本就是迫不得已临时的选择，又能有多大的情感倾注其中呢？

　　段誉经过这一系列的变故后，终于醒了，也克制住了自己的心魔。王语嫣想要永葆容颜，最终亲手打破了段誉的心魔——石洞玉像。让王语嫣来打破玉像实在是个精妙绝伦的设计，在段誉心中，王语嫣就是玉像，两者就是一个人，就是段誉心中的魔。而当王语嫣打碎了玉像，对王语嫣而言，就是自己打碎了自己，打得自己原形毕露，打得自己本已醒了却仍要回到梦中，去和慕容复继续做着两个没有交集的梦。

百川流，风波恶，是也非也

　　"世有伯乐，然后有千里马。千里马常有，而伯乐不常有。故虽有名马，只辱于奴隶人之手，骈死于槽枥之间，不以千里称也。"

　　哀哉！有言道：三纲五常，吃人不吐骨头。虽失之偏颇，确实有其中悲苦。世上多少好男儿，勘破权钱，看淡美色，却独独栽在这愚忠愚孝上头。只盼丝萝托乔木，奈何良臣遇庸主。

邓、公冶、包、风四者，一时跻身群雄，人中之杰，可谓壮哉。半生托付慕容，明珠暗投，可谓悲矣。

抛开好恶，观之于书：星宿门人故众，所依无非阿谀逢迎，所恃无非奇淫技巧，少有真才实学。故而丁春秋一朝被擒，随即树倒猢狲散；段氏家学虽深，四大护卫擎天保驾尚可，为主分忧太难，有心而无力。是以段正淳一个失手，险些全军覆没；乔峰当世翘楚，麾下六老只可匡扶相助，却难得独当一面，有将才而无帅才。旦夕群龙无首，顷刻一网打尽。

是故各派徒众，除却耄宿众多的少林，也唯有姑苏门下算得一号人物。邓百川能抗丁春秋雷霆一击，公冶乾掌力无愧"江南第二"，包不同嬉笑怒骂间力敌九代长老，风波恶排名最末也当得丐帮一流好手。更不消说，可寄百里之命，可托三尺之孤；以臣仆之属敌四方掌门来犯，大丈夫匡扶门楣；处危难之间辅冲龄少主成人，好男儿一诺千金。

然姑苏慕容有第一流家臣，却无第一流人主。邓百川忠厚朴实，公冶乾豪迈率真，包不同虽有戏谑却无机锋，风波恶更是一天不怕地不怕的直爽汉子。如此热血男儿，摊上如此阴沉家主，可谓一生之大不幸。

老主人为人，正如其武功一般，最擅颠倒黑白，借力打力，嫁祸于人之术。不说险些给慕容家招来灭门之祸，诈死二十年更是抛弃妻子，想来偌大一份责任尽数压在四人身上。照拂孤儿寡母，维护世家门面不说，不时还可能为"死去"慕容博惹出的祸端遭无妄之灾。更有那六百年未竟之复燕大业，时时如千钧重物压在心头。可怜这些至诚汉子还念念不忘老爷"临终嘱托",不知慕容博暗中为大计四处奔走之余,念及于此,可曾有半分歉疚?

于这位少主,虽资历尚浅,也无乃父之心机筹划,主见却丝毫不少:不听王语嫣劝告,强练打狗棒法,与乔峰失之交臂实乃其大幸;不知道天高地厚上少林,若非其中横生枝节,想来邓百川也得赔了进去;不晓得人心难测,拂逆众意结交旁门左道,结果反倒灰头土脸;不分青红皂白,大违人心而收买人心,到头来声名扫地;不明正邪两立,弃良师益友而认贼作父,落得个凄凉收场,实累众人不浅!

而以上种种,众人无一未尽规劝引导之责,纵善言不听,却也仍履分内之事:同生共死,全主仆之义。千里奔走,效犬马之劳。岂止尽人事而知天命而已?只盼时穷节现传千古,哪知为谁辛苦为谁甜?粉身碎骨浑不怕,心灰意冷最难全。可怜包不同,竟真如自己所说,似介子推般死在了慕容复手中,实是做到了为大燕战至最后一刻,可敬,可叹,可惜,可悲。

故姑苏慕容之败亡,非包风诸人之过,实乃慕容父子无道也。慕容父子以余孽之身得有用之人,何其幸也。而包风诸人,以有用之身事无用之人,又何其不幸也。

可叹:

遥见青云上,望赤霞边,金风玄霜殊难辨。至诚心还施水阁,终归尘土。

纵观百川流,看风波恶,是也非也总辛酸。满腔血徒染朱碧,尽付大燕。

恨白镜清冠，忠奸难辨

白世镜伪君子，全冠清大奸雄。两个人虽然出场不多，却是陷害萧峰的关键人物。白世镜一失足成千古恨，竟拜倒在康敏手下，无法自拔，只能和她拴在一起，一荣俱荣，一辱俱辱，一错错到底。谁能想到一向执法严明、面若寒霜的白长老会是一个残害兄弟、诬陷兄弟的色魔淫贼呢？白世镜因为一个女人而毁了一生，实在毫无光彩。

全冠清倒有些斤两，他是一个什么样的人？

我想他和《倚天屠龙记里》的陈友谅颇为相似，他的所作所为表面上看是以大义为主，实际却阴险狡诈，为自己谋私。他不堪寂寞，不堪默默无闻，想要有所作为，而又不通过正常光明的途径来实现，这种人是没有什么底线和操守的，就像全冠清赶走乔峰，拥立庄聚贤，投靠星宿派，只要能"有所为"，只要能达到目的，他就做。

雄姿英发何足惧，萧郎才气浩然存

书中写萧峰精彩之处当属第四十一回"燕云十八飞骑　奔腾如虎　风烟举"。这是整个小说的重中之重，三大主角首次聚会于此，天下高手首次聚集于此，冤孽情仇首次聚集于此，全书精神也聚集于此。

毋庸置疑，萧峰一出而群雄失色，降龙一掌而妖魔束手。至此，我们真正领略了英雄豪杰的气概。先有星宿派"功德"

之盛，哗众取宠；后有丐帮威势之大，妄图称雄。丁春秋压倒了庄聚贤，庄聚贤压倒了玄慈，萧峰一出，压倒众生！

但听得蹄声如雷，十余乘马疾风般卷上山来。……但见人似虎，马如龙，人既矫捷，马亦雄骏……来者一共是一十九骑，人数虽不甚多，气势之壮，却似有如千军万马一般，前面一十八骑奔到近处，拉马向两旁一分，最后一骑从中驰出。

十九个人便压倒了星宿派、丐帮、少林的数千人，一个人便压倒了武林！萧峰一言，丐帮弟子敬之如神；萧峰一掌，星宿老怪落荒而逃；萧峰一眼，铁头小丑望而生畏；"三位齐上，萧某何惧"，天生神武，发皇奋扬，老魔小丑，岂堪一击。

壮哉！萧郎！

怎奈，大英雄也有柔情。

萧峰手掌托着那只小小木虎，凝目注视。灯火昏黄，他巨大的影子照在泥壁上，手掌握拢，中指和食指在木雕小虎背上轻轻抚摸，脸上露出爱怜之色，说道："这是我义父给我刻的，那一年我五岁，义父……那时候我叫他爹爹……就在这盏油灯旁边，给我刻这只小老虎，妈妈在纺纱。我坐在爹爹脚边，眼看小老虎的耳朵出来了，鼻子出来了，心里真高兴。"

如此平淡无奇的描写，却写尽了一个盖世英雄心中的柔弱辛酸。小小的木虎蕴藏的是无尽的回忆、无尽的亲情、无尽的感慨痛苦，就是这小小的木虎寄托了萧峰小时候那一缕缥缈而又真实的亲情。此时想来，那一幕究竟是如在昨日，还是遥远无期呢，恐怕连他自己也说不清。

大英雄也有说不出的苦。西夏皇宫里的三个问题，不但是问出了驸马爷，也问进了在场每个人的内心。尤其是慕容复，慕容复对于这些问题竟是无从回答，那只是因为他这一生从来没有快乐过——"爱我的人有，我爱的人却没有"。他爱的人是能助他复国的人，可以说，他爱的是理想（复国）而不是人，一生只有复国，在这个挚爱之前，什么父母爱人都微不足道，即使有些爱，也会被复国的大爱所掩盖。

慕容复和萧峰有很多像的地方，一个是狮子，一个是凤凰，都同样的高傲。这便是阿朱对他们的印象，但其中却又有很大不同。慕容复一生所追求的东西，萧峰几乎都有了，但萧峰却不在意，因为他最爱的东西已经不在了，其余也就变得微不足道；慕容复可以很容易得到萧峰想要的东西，但却自己放弃甚至拒绝了，因为他最爱的东西还没有得到，其余一切也就微不足道，这就是冤孽！

大英雄死有重于泰山，萧峰慷慨赴义便精神永存。他一死换得数十年安宁，但却解决不了千古以来的问题——国家间的斗争。

没有人知道，也用不着思索，杀伐永远不会消失的……英雄？豪杰？气概？柔情？凡此种种皆随萧峰一死而去，留下的只有无限的猜想和疑惑……

纵览萧峰一生：

剧饮千杯，忧愁更深。杏子林中，恩怨分明。

一、《天龙八部》：无人不冤，有情皆孽

对就是对，错就是错。昔时之因，与我何关？
今日之意，是你所换。胡汉恩仇，血债难还。
来去雁门，自往千万。情仇恩怨，何时能完？
千里茫茫若梦，美梦？噩梦？萧峰？乔峰？
双眸如星，只留下易筋神经？
一空到底，许约成空，旧梦成空。
莽苍踏雪，路如何重头再走？
屠熊搏虎，是为阿朱。荡寇鏖兵，却又为谁？
奔腾如虎，竟是往日重现，为紫为朱？
老魔小丑，难得一次解决。
王霸雄图，仁心皓然如月。
浮云生死，此身无惧有恨。
英雄一怒，却是为国为民。
恩怨情仇，终究轮回雁门。

我们之所以佩服萧峰，不单是他的气概武功，而是他的仁者之心。

萧峰踏上一步，昂然说道："你可曾见过边关之上、宋辽相互仇杀的惨状？可曾见过宋人辽人妻离子散、家破人亡的情景？宋辽之间好容易罢兵数十年，倘若刀兵再起，契丹铁骑侵入南朝，你可知将有多少宋人惨遭横死？多少辽人死于非命？……我对大辽尽忠报国，旨在保土安民，而非为了一己的荣华富贵、报仇雪恨而杀人取地、建立功业。"

这便是萧峰的价值观，他不是站在国家民族角度，而是站在人的角度——反对战争，厌恶杀戮。

全不想，生死伫心间，抹不去

阿朱，一个"人虽死而灵魂永存"的女主角。出场不多，描写不多，但一出场必是精彩绝伦，一描写必是入木三分，人死了，灵魂却永久不灭。

生达乔峰意，死为萧峰魂！

阿朱无疑将女性的美好糅合在了一身，活泼调皮却知书达理，既有小姑娘的天真灵动，又有淑女的温柔贤淑，能与其媲美者，唯射雕中黄蓉一人而已。

萧峰"打死"过阿朱两回，阿朱"救活"过萧峰两次。少林寺一掌几乎打死了阿朱，换来的却是阿朱的生死相随。其实阿朱一直都在萧峰身边，自从杏子林中的商略平生义，到雁门关外的奋英雄怒，她无时无刻不在萧峰身边。正如小说中所说，萧峰总是能在阿朱身上看到一些熟悉的东西，就像是自己的背影，这不只是因为阿朱曾经易容过萧峰，而是冥冥之中的天意——你们注定一生牵绊。

读过梁羽生《云海玉弓缘》的人都知道，厉胜男就是金世遗的影子。在萧峰眼里，阿朱也是他的影子，但这也是他最初时的朦胧感觉，因为到了后来，阿朱更是他的心，是他的魂！

影子能和人分开吗？

也许你有时看不见它，但却不能说它离开了你。

魂呢？

魂将和人一生不离！

乔峰起初对阿朱并没有什么感情可言，聚贤庄一战也不过是"一时义愤，没放在心上"，直到阿朱的真情流露出来，阿朱的不离不弃显露出来，雁门关外，我已等了你五日五夜啊！这是怎样的感情，这又是一个小姑娘怎样的付出！

当乔峰看见那"山坡旁一株花树之下，站着一个盈盈少女，身穿淡红衫子，嘴角边带着微笑，脉脉地凝视自己"的时候，他会有怎样的感觉，是惊奇还是震撼，或是感动呢？无论你是契丹人还是汉人，阿朱永远会在你身边。

阿朱接口道："有一个人敬重你、钦佩你、感激你、愿意永永远远、生生世世陪在你身边，和你一同抵受患难屈辱、艰险困苦。"

阿朱对乔峰的承诺，阿朱做到了，这生生世世，她都永远在乔峰的身边，活着时在乔峰身边，死了后在萧峰心里。

阿朱正色道："便跟着你杀人放火，打家劫舍，也永不后悔。跟着你吃尽千般苦楚，万种熬煎，也是欢欢喜喜。"

正是阿朱这种大爱，才使乔峰逐渐放下民族观念，华夷之辨，逐渐由乔峰过渡到萧峰，阿朱活着时，化解了乔峰的身份郁结。

青石桥上，那深情的一眼，蕴含着多少关心和留恋，她是用生命来救乔峰啊；那苦涩的一吻，囊括了多少悔恨自责，她是用灵魂来陪伴萧峰啊！阿朱一死，乔峰怨仇之心顿灭，塞外牛羊依旧，可惜红颜不再。放下了仇恨，回到了塞外，放下了乔峰，做回了萧峰。从此，萧峰看开了，阿朱不在了。萧峰懂了，阿朱死了。

因为阿朱，萧峰从此对掌不再容情；因为萧峰，阿朱临死悲叹对你不起。"不再容情",心中从此真情不灭;"对你不起",古往今来最对得起。阿朱死前,是乔峰;阿朱死后,是萧峰。乔峰为身世仇恨所蒙蔽,萧峰解脱身份,放下仇恨。

阿朱的死,金庸没有写得惊天动地、哭天喊地,反而写得很平淡,但就是这种平淡将阿朱的这一份情写成了天下最真、最感人的一份情。在阿朱死后的小说中,只要看见萧峰,我们自然而然看到了阿朱的影子。似乎在读者心里,阿朱没有死,也不会死,这种隐隐约约而又平平淡淡的写法当真妙绝天下。

也许,这一切正如阿朱所说:便是到天涯海角,我也跟你同行!

阿朱要是还活着,他们是不是已经成为雁门关外牧牛放羊的一对平凡小夫妻,然而这一切……

八千春秋,宿命难逃

丁春秋在小说中和慕容复一样,都是先闻其名,而久后乃出的人物。不同的是慕容复先声精彩而出场黯淡,令人失望叹息;丁春秋先声不佳而出场精彩,令人眼前一新。

丁春秋实际出场只有两次,首次出场便大显神威,挥洒缚豪英,将丐帮、少林、姑苏慕容、苏星河、段延庆都教训了一遍,虽然这其中使用了极不光彩的化功大法,却丝毫不减其精彩程度。星宿老怪是一个极端的自我主义鼓吹者,虽然在我们看来很失体面,但也无形中增加了小说的趣味性,可以说老怪一出，令人一新，极抢风头。

老怪再一次出现则是在少林大战一节，此时在少林寺山门前，老怪更是威风大展，星宿老怪之威名远远胜过了众僧：擒阿紫，收庄聚贤，也是手到擒来，只可惜老怪时运不济，在少寺山上遇见了萧峰和虚竹，一个抢走了自己的灵魂，一个束缚了自己的躯体，容光被萧峰一招就给打没了，最后身中生死符，永远被关在少林寺中不见天日，这也算是罪有应得吧。

丁春秋无疑是那些自大自傲、自吹自擂者的代表，他门下的那些"未学武功，先学谄谀"的弟子更是那些势利小人的嘴脸，两种人都是无耻之极，就如令狐冲所说："说者无耻，听者更无耻。"

终是爱恨轮回

他叫了几声，迷迷糊糊地睡着了，突然见到伯父、父亲和乔峰大战，杀得血流遍地，又见母亲将自己搂在怀里，柔声安慰，叫自己别怕。跟着眼前出现了阿紫那张秀丽的脸庞，明亮的双眼中现出异样光芒。这张脸突然缩小，变成个三角形的蛇头，伸出血红的长舌，挺起獠牙向他咬来。游坦之拼命挣扎，偏就动弹不得，那条蛇一口口地咬他，手上、腿上、颈中，无处不咬，额角上尤其咬得厉害。他看见自己的肉给一块块地咬下来，只想大叫，却叫不出半点声音……

仅此一段便是游坦之一生的写照了，也就是题目所说的——终是爱恨轮回。游坦之的人生实际就是一场梦,变得太快,变得太惨,醒着也痛,梦着也痛。

在睡梦中,他梦到了聚贤庄大战的血腥,这是恨;梦到了温柔的母亲,这是爱;梦到了漂亮的、自己深爱的阿紫,这是爱;梦到了阿紫变成了一条蛇要将他全身咬碎,这是恨。爱恨轮回,他这一生岂不就是这样,把全部都给了阿紫(被阿紫咬碎全身),却仍是心甘情愿、默默不言(叫却叫不出声),这便是命运的捉弄,也是自己的选择。

他眼中"贪婪的火焰"促使自己像野兽般冲向阿紫,去亲吻阿紫的脚,这种野兽般的狂野的爱就在此时表露了出来。这个时候也是决定一切的时候,是真爱还是占有,是禽兽还是人,很显然,游坦之还有些理性。不若说是他对阿紫是真的爱,一种深深的敬爱。阿紫同时也朦朦胧胧感受到了这其中的意思,她是多么希望得到这样的爱,只不过这爱是来自萧峰罢了,因此她才会有"异样的感觉"。

游坦之的爱是天上地下,狂之又狂,也只能用狂字来形容,就连段誉也自愧弗如。摸一下阿紫,便如身入云端,飘飘然也,即使是受尽折磨也甘之如饴。痴、迷、乱,游坦之见到阿紫,便入了魔。"神木王鼎"便是见证,正是神木王鼎使他的血流入了阿紫的血中,注定,牵绊一生。

游坦之一生被别人操控着,命运、爱恨、丁春秋、全冠清都是他的操控者,即使是在对阿紫的追求上,他也是被动的。阿紫死了,为了追寻自己所爱之人而死,哪怕他并不爱我;游坦之也死了,为了追寻所爱之人而死,哪怕她并不爱我。你爱我那是你的事,我爱你却是我的事,阿紫如是,游坦之亦如是。

指点恶紫夺朱,泪涌血流

千夫所指,恨阿紫恶紫夺朱;我心独否,叹阿紫一生悲惨。"一脸精乖之气"不过是星宿老怪的渲染使然,何为阿紫不好?我看阿紫极好。阿朱死时,但见阿紫先惊后怒,不再嬉皮笑脸,即使是段正淳也没有如此反应激烈,更何况姐妹两人尚未正式相认,谈不上什么深情,这一段我看出了阿紫的性本善,也看出了阿朱的弦外音。

"好妹妹,以后,萧大哥照看你,你……你也照看他……"阿朱之意便是想要成全阿紫和萧峰,阿朱死于康敏之手,阿紫治死了康敏,算是为阿朱报了仇,岂能说是恶紫夺朱!萧峰从阿紫天真无邪的脸蛋下面,看出了无穷无尽的恶意,那是因为萧峰这时还不明白:阿紫的恶意正是对他的善意,只不过她是按照自己的方式表达出来罢了。

而这种由善而生却尽露恶行的行为,让人看不透。阿紫的一番胡闹使萧峰失去寻找大恶人的线索,难道这样不好吗?难道阿朱不是为你的仇恨所害死的吗?难道阿紫没有为阿朱报仇吗?

阿紫的每一个看似恶毒的行为,实际上都在无形之中帮助了萧峰,阿朱和阿紫分别从正和邪、恶与善两方面帮助萧峰解开心结。哪怕是阿紫用毒针射杀萧峰,纯然只是为了留住他,永远留住他,曾几何时,阿紫被萧峰和阿朱的真情感动了;曾几何时,阿紫莫名其妙地爱上了这个姐夫。她要争取,明争不行,暗取不行,那就只有以死相随了。

她沉吟片晌,蓦地想道:"阿朱最会装扮,扮了我爹爹,姐夫就认不出。"

天下之理,莫过于先有姐姐,才会有姐夫,但在阿紫心里,姐夫要比姐姐亲得多。从称谓上便可见其端倪,她甚至有些嫉妒她的姐姐。她对萧峰的爱绝对不亚于阿朱,"你害我姐夫就是害我",一句简单的话语,便道出了心中所想。

萧峰对阿紫是没有爱的,即使没有阿朱在前,萧峰也不会喜欢阿紫,甚至不会喜欢任何女子。只有阿朱能令萧峰喜欢,谁都不行,就如萧峰自己说:"阿朱就是阿朱,四海列国,千秋万载,就只有一个阿朱。"萧峰对阿紫越好,则说明他对阿朱爱得越深,这种好不是阿紫要的那种好,甚至是阿紫厌恶的那种好,所以阿紫痛苦、受不了,只能独自出去。萧峰曾经以"虽千万人吾往矣"的气魄救了阿朱一次,又以"奔腾如虎风烟举"的豪气救了阿紫一回,这岂不是天数?

阿紫亲手打破了萧峰的纺车,打破的是他陈年回忆,往事不堪,何必重提,你已是萧峰,乔峰的种种,何不深藏心底。

萧峰又向她瞧了一眼,突然之间,心头一凛,只觉她眼色之中似乎有一股难以形容的酸苦伤心,……何以眼色中所流露出来的心情竟如此凄楚?

也许这才是阿紫眼中本来应该流露出的神色,只不过以前她掩藏了起来而已，游坦之对阿紫的爱意，不正是阿紫对萧峰的爱意吗？萧峰在此时仍是未明白阿紫的心。

阿紫嘟起了嘴，转过了身，道："我早知在你心中，一千个我也及不上一个她，一万个活着的阿紫，也及不上一个不在人世的阿朱。看来只有我快快死了，你才会念着我一点儿。早知如此……我……我也不用这么远路来探望你。你……你几时又把人家放在心上？"……阿紫抢着道："什么大人小孩的，我早就不是小孩啦。你答应姊姊照顾我，你……你只照顾我有饭吃，有衣穿，可是……可是你几时照顾到我的心事了？你从来就不理会我心中想什么。"萧峰越听越惊，不敢接口。

阿紫终于和萧峰摊牌了，道出了自己的心声：我就是爱你。这就是阿紫！有时候我真的很佩服阿紫，金庸对阿紫的描写塑造是书中最深刻的形象，就算是阿朱也只能和她并驾齐驱，而无法逾越。阿紫甚至愿意自己被萧峰一掌打死，那样阿紫也就成了阿朱，即使成不了精神上的阿朱，成为躯壳上的阿朱也好，毕竟我死在了他的掌下，他终会念着我一些。

阿紫呜咽一阵，又道："我怎么是小孩子？在那小桥边的大雷雨之夜，我见到你打死我姊姊，哭得这么伤心，我就非常非常喜欢你。我心中说'你不用这么难受。你没了阿朱，还有个阿紫呢。我也会像阿朱这样，真心真意地待你好'。我打定了主意，我一辈子要跟着你。可是你又偏偏不许，我心中便说，'好吧，你不许我跟着你，那么我便将你弄得残废了，由我摆布，叫你一辈子跟着我'。"

早在那时，阿紫已经把心交给了萧峰，可惜萧峰不能理解，恐怕作为读者的我们也大都不能理解如此狠毒的爱。但在某一天你真正了解了的时候，就会大吃一惊，那种感觉是什么，我们现在体会不到，可以确定的是，那定是一种令人撕心裂肺的感觉，以至于"此身何惧"的萧峰也"越听越惊，不敢接口，手足无措，不知如何是好"。

"我关怀你，全是为了阿朱啊。"萧峰此言一出，我真是又喜又悲，喜阿朱得一良人，悲阿紫到头成空。

阿紫又气又恼，突然伸出手来，啪的一声，重重打了他一记巴掌。……然见阿紫气得脸色惨白，全身发颤，目光中流露出异常凄苦神色，看了好生难受，不忍避开她这一掌。

这个天下，敢打萧峰的、能打萧峰的恐怕只有阿紫了，萧峰终于知道小阿紫的心意了，但他无法接受，因为他对阿紫的印象和很多读者一样，只是停留在那个小镜湖畔的狠毒丫头上。所以阿紫来救他时，虽满面灰尘，他却看阿紫是最美的。是啊，阿紫再一次救了你，阿紫一直都在救你啊，只不过你不知道罢了，不理解她的特殊方式罢了。

雁门绝壁前，阿紫终于如愿以偿，真正对你好的只有阿紫，因为阿紫眼中的世界只有你一人——萧峰；真正和你在一起的也只有阿紫，因为阿紫愿意和你——同生共死。

阿朱一死，萧峰已死；萧峰一死，阿紫已死；紫朱皆死，何来善恶！

一、《天龙八部》：无人不冤，有情皆孽

一生梦幻泡影，如是观，亦真亦幻

虚竹虽是小说中的三个主人公之一，但他的形象性格却不是那么讨喜。我们知道在武侠世界里，婆婆妈妈是最要不得的，段誉就已经很令人头疼了，这又来个虚竹，当真是"祸不单行"。

虚竹的性格形象，在一出场时就由函谷八友的苟读说了出来——

那儒生道："宋楚战于泓，楚人渡河未济，行列未成，正可击之，而宋襄公曰，'击之非君子'。小师父此心，宋襄之仁也。"

也就是说虚竹是宋襄之仁，也就是妇人之仁，这是很危险的。

有人说虚竹是傻人有傻福，运气好得不得了，屡次遇到奇遇，才能成就自己。这么说未免有失偏颇，在这人世之间不能将任何事物都归诸天命。儒家讲究济世救人，事在人为；佛家讲究因果报应，也就是说《天龙八部》的主题绝不是命运（天命），那是道家的东西。于佛家而言，这是因果，既是因果，也就是人造，绝非上天作弄。说这么多只是想告诉大家：《天龙八部》写的是人，不是命运，切不可误入歧途。虚竹正是因果的最好体现，而不是我们所谓的"运气好"。

虚竹为什么能够破解玲珑棋局？一方面是自己误下的一步棋，一方面是段延庆的指导。因何误下？只因他心中毫无争胜斗狠之心、得失成败之意，故能心地通明，内心空空，就连玄难也自愧不如；因何段延庆相助？因为虚竹慈悲为怀，

先救段延庆在前,此时已种善因,故能得回善果。所以虚竹解开棋局获得无崖子传授也就顺理成章,皆在虚竹自身所种善因,故能收获善果。

虚竹执掌灵鹫宫是果,只因救护天山童姥已种善因;以德服人、以善行事才使众人诚心拥戴;因天山童姥破了各种戒条,也因此成了后来的西夏驸马;虚竹还俗出寺之因已在护寺心切、大战鸠摩智上种下了因,而亲生父亲玄慈已死,这个少林寺是无论如何也无法待下去了。虚竹敢在天下人之前站出来和萧峰结义,那是与段誉接触中,了解到儒家入世精神的可贵,所以能站出来。

这一切种种都是寻之有因的。

萧峰、虚竹、段誉三兄弟非常有意思,段誉称得上是两人的连接点,两种精神的连接点,小说的连接点。段誉的儒家入世情怀使他佩服敬仰萧峰这样的大英雄,他出世的佛家思想又使他和虚竹很投机,三人的结拜也是他从中做桥梁的,而且无论是萧峰的出现,还是虚竹的出现都有段誉的身影。最后也是段誉启发了虚竹,虚竹虽然什么都有了,可心中依旧放不下他对佛法的执着,脱离少林寺总是他的心病,直到段誉举了维摩诘的例子才使虚竹懂得了"发阿耨多罗三藐三菩提心,是即出家,是即具足"。也就是六组所说的"即心即佛",何必外求,何必出家。段誉一语惊醒梦中人,虚竹从此才算得上是真正放得开了。

珍珑棋局在小说中是个大局,很多高手都妄图解开却无法做到,反而是虚竹解开了,其实这不难理解,因为它考验的不是聪明才智，而是心，无争胜之心，便是道心，便是佛心。只可惜在场的高僧大德如玄寂、苏星河甚至无崖子都达不到这个境界，他们还是沉迷于武功、沉迷于法外的事物，而虚竹竟是超脱了俗物。

这也告诉了我们一个道理：学无先后，达者为师。尤其是佛家、道家的修为上，那是靠天赋的、靠心的、靠悟的。珍珑棋局本就是对这种超然物外的淡泊之心的考验，在这点上佛道是共通的，而无崖子等人未曾达到如此境界。所以他们不懂，所以他们才把这归结为天意，岂不可笑。

复龙城鼎业，慕容神州

"玉京曾忆昔繁华，万里帝王家。琼林玉殿，朝喧弦管，暮列笙琶。"人生在世，有鲜花锦簇、烹油烈火之盛者，莫过于斯。故大江东去，不知淘尽多少英雄。而千古悲叹，亦莫过亡国之恨。"花城人去今萧索，春梦绕胡沙，家山何处，忍听羌笛，吹彻梅花。"转眼间极乐到极悲，个中情怀，非亲历不能体味。

东坡居士道：天下者，得之艰难，则失之不易；得之既易，则失之亦然。此可谓正论。然世人于得失，重其果者多，而明其因者少。于财帛细软琐碎之物尚执着如此，何况这花花江山，锦绣天下。历来风水轮流转，几家欢喜几家愁。不幸沦为后者，似道君皇帝这般昏弱之人还则罢了，但凡有一二分侥幸，便有不甘池鱼之想，若再有一二分才智，一二分权势，更得一二分机遇者，那纵是冒天下之大不韪，也全然不顾了。

更有甚者，当事之人念念不忘，其子子孙孙亦然，且皆以为天经地义，理所当然之事。千百年间不知多少祸事，全从此中生来。都道更替寻常事，谁顾兴亡百姓苦。

是故，姑苏慕容之悲，非一家一姓之悲，是世人之悲，古今同悲。余观全书而论姑苏慕容，一言以蔽，始羡，次鄙，再恶，终悲。吾观其悲，非一悲到底，而正因如此，愈感其悲之深切。

始羡

伊始方知英雄迹，正是初闻南慕容。以黄眉高僧壮年，尚无奈懵懂小童。那伏牛派一代掌门之尊，于眼中却也不过尔尔。纵是玄悲大师一流高手，大韦陀杵威力奇劲，可斗转星移一旦施展，竟也束手无策，登时身死。更有大理远在南服，二十年不知慕容博逝世之音，尚敬于余威。

乃父之名，当真冠绝群雄。想来慕容公子，习精深家学勤修于内，挟父祖余威震慑于外。不到而立之年，名播大江南北。更兼英俊潇洒，风度翩翩，绝色佳人倾慕在侧，俏鬟美婢侍立于旁。读到此处，纵是靖之先生这般清心寡欲之人，亦不免心向往之，有"人生在世，夫复何求"之感，福泽深厚至此，谁人不羡？

次鄙

世间一切，真真假假本来难辨，见面不如闻名之事情常有。若将南慕容的正式出场作为全书分界点，读之前半部，北乔峰名满天下，却唯独把素未谋面的慕容氏父子引为神交，

一、《天龙八部》：无人不冤，有情皆孽

就连读者亦不免先人为主，有心向往之之意。求之于后半部，不免大失所望。武功倒在其次，毕竟博之身手前文已悉，自不待言。慕容复武功固然不及乃父，少室山一役，金庸先生还是给了公正的评价：比之萧峰略为不如。然武侠二字，武为轻，侠为重。其父子为人行事，却是大大不配北萧峰侠名。

慕容博欲效魏晋五胡乱华故事，用计不可谓不深，手段不可谓不毒：假传萧远山南袭少林之音，意在挑起宋辽之争；传少林七十二绝技于大轮明王，为日后结吐蕃与大宋之仇；纵容鸠摩智借剑谱，正让大理吐蕃生出嫌隙；亲毙玄悲于身戒寺，是企图结大宋与大理之怨。想来其子化名李延宗混迹于一品堂，也未必没有怂恿夏帝侵宋之心。慕容氏之手笔，真可谓十一世纪之第一野心家。

慕容复出场，是在小说的三十一回输赢成败，又争由人算，读到此处，我们有些好奇，因为"这位慕容公子，今日终于要见到了？"可惜慕容公子虽然仪表堂堂，"二十八九岁年纪，身穿淡黄轻衫，腰悬长剑，飘然而来，面目清俊，潇洒娴雅"，出场却不尽人意，竟然是效仿偷鸡摸狗之辈，先躲在树后，在出来露面，一出场就输了一招光明正大。虽然江湖履历尚无劣迹，但心胸格局，作为独步江南武林世家的掌门人，实在太欠缺了些。

且不论一代宗师身份，在小磨坊中与两个天真烂漫的少男少女做意气之争是否无益。正式场合初见段誉，痴情的段公子纵然面对王语嫣一时失态，却也不是什么大不了的违礼之事。一向风度谦和，以儒雅著称的慕容公子竟忍不住发作，

53

虽然只是一哼，却大大破坏了读者的好印象，可能不禁会想：这人未免不够成熟。此后被鸠摩智戏弄，连"你这么瞎捣乱"的话都喊了出来，就不禁让人莞尔觉得慕容公子太孩子气了，一局棋说大不大，说小不小，却试出了城府深浅，在这一众江湖高手、高僧大德之中，慕容复武功虽然不逊，可气量一看便知落了下乘。

随后，丁春秋伤其家将，乱其心智于前。他便孤身前往，欲还以颜色于后。虽不能说是睚眦必报，毕竟丁春秋恶名天下共击之。可总给人的感觉像是小孩子挨了打，忍不住便要立刻打回来，没有摸清对方武功底细，没有计划筹谋，甚至没带一个家将便孤身挑战，虽然险胜却着实险出读者一身冷汗。就连他自己亦不免事后惴惴。

此后其无意之中撞入万仙大会，上天山种种情景，冒失、幼稚、异想天开之事便不胜枚举了。直到少室山之役，一败段誉，二败萧峰，个中缘由虽出于偶然，但纠其因还是心术不正，自取其辱。加上横剑自刎一节毫无气量，乃父劣迹昭然更为慕容氏扣上了江湖大反派的帽子，父子一体，为江湖所不齿，世人鄙之，那也不必说了。

再恶

历代之中，前朝旧恨掀起余波者比比皆是，诸如此类原不稀奇。毕竟祖宗遗恨不远，子孙心系旧业，虽不见得应有之义，却也在情理之中。可那慕容燕国，倾覆于北朝五胡乱华之时，传到慕容博父子这两代，不说中经隋唐，又历五代，北宋立国业已百二十年，安有亡国六百年而自诩王孙之事耶？

慕容家侨居江南数十代，不消说观其衣食住行，举手投足，就是六百年来娶中原女子为妻，骨子里也是地地道道的汉人了。慕容博面目儒雅，慕容复英俊潇洒风度翩翩，十足江南儒士的风貌，又哪有半点北国之气了？慕容家所谓不忘祖业，心系旧日江山之语，不是偏执，已经几近于荒唐，称之疯狂亦不为过。

可怕的是这种疯狂不仅深植他父子二人的脑海，更是付诸实践，影响着身边的每一个人。他四大家臣深受毒害，为此甘牺牲性命，甚至鼓励慕容复为所谓的复兴大业而舍弃王语嫣攀龙附凤，就连至亲姻娅亦因此对慕容氏大有戒意，慕容复与王语嫣的隔膜，未必就没有此一层原因。

慕容博一生四处奔走，工于心计到极处，他害得萧氏父子一生悲苦，害得佛门圣地不得清净，害得一代高僧堕入魔道，害得江湖几十年风波不断，最后也害了妻儿和自己。机关算尽太聪明，终究转头一场空。庶民如尘土，帝王亦如尘土，大燕复国是空，复国亦是空。为了这一句彻悟，不知涂炭多少生灵。

慕容复点了点头，心想父亲生前不断叮嘱自己，除了中兴大燕，天下更无别般大事，倘若为了兴复大业，父兄可弑，子弟可杀，至亲好友更可割舍，至于男女情爱，越加不必放在心上。

为人如此，自然是一切都"理所当然"，所谓的"于心不忍"真是慕容公子格外的恩泽齐天啊。

有其父必有其子，慕容复与乃父一般的外表儒雅谦和，

55

涉及身家利益，也是一般的铁石心肠。少室山重挫之后，非但没有反思己过，反而渐遁邪路：阴谋行事，为人多面是为不忠。固执己见，不思父自省是为不孝。滥杀无辜，妄动无明是为不仁。卖友求荣，舍弃至亲是为不义。如此不忠不孝不仁不义之人，纵然巧取天下，也必如东坡先生所说，得之既易，则失之亦然。如此不忠不孝之人，谁人不恶之？

终悲

南慕容北乔峰，一死、一疯。阿朱说慕容复和萧峰性格截然不同，但他二人命运却有诸多相似之处。慕容复和乔峰同样出身异族（至少慕容复自认是"外国人"），个人利益同样与中原民族冲突，又同样难以脱离中原民族群体而自立，最后面同样面对理想与现实的巨大差距，一者舍生取义，一者陷入癫狂。虽然情怀全然不可同日而语，但命运的悲剧性却如出一辙。

萧峰虽是辽人，可他心中爱大宋极深而爱大辽极浅，他的仇人，有他的同道赵钱孙单正，有他的恩师汪剑通，有他敬仰的玄慈和智光大师，他的悲剧在于一生注定与这一切无缘。

而慕容复，虽然口口声声不愿意做中原人，甚至声称不愿读汉文。可观燕子坞内，琴韵小筑，听香水榭，何等风雅，他的两个小丫鬟起居，吃穿用度尚且如此不凡，何况本人？灵州招驸马之时，他自己也期盼文考力压群雄，想来若不是饱读诗书，深通风雅，又怎能有必胜把握？

而他父子不愿做的中原人，却几乎是他唯一能选择的借助力量。走遍天下，根在江南，纵然揭竿而起，也只能取之大宋，而有宋一代，虽然于敌屡战屡败，于民贫富不均，但富甲四海，士绅力量更是极其稳固。大辽虽悍，也只能"兄弟赵宋"，金人勇甚，亦难遂饮马长江之愿。

一介江湖布衣，凭借所谓的威望，振臂一呼，生于斯长于斯的中原武人，又有几人响应。常言道，有所为而有所不为。慕容复大势之下难有所为，又无乃父之悟性。有所求而又无所依，贪求遥不可及，却失去了身边最宝贵的一切。现实无法满足，唯一的解脱就是活在自己的梦里。

故姑苏慕容之悲，今人有词叹曰：仙子落江南，语笑嫣然，还施水榭系良缘。只叹痴心终错付，难抵江山。

秋水无涯人去，应笑我，身系天山，心随缥缈

李秋水和天山童姥的恩怨就是一句话："贱人不死，岂能罢手。仇深似海，不死不休。"

就连死，都要死在对方之后，哪怕是晚一刻，也是胜利。这个世间所有的深仇大恨，似乎都是由爱而生的。童姥和李秋水的一生都给了这个不爱她们的无崖子（也许有一点点爱），当真值得吗？任性偏执了一生，到头来却明白，但真的明白了吗？还是根本就没来得及明白，两个百岁老人在如此浩瀚的人生中，却仍参不破这爱恨是空。

童姥伸手拿过，就着日光看时，不禁"咦"的一声，脸上现出又惊又喜的神色，再一审视，突然间哈哈大笑，叫道："不是她，不是她，不是她！哈哈，哈哈，哈哈！"大笑声

中，两行眼泪从颊上滚滚而落，头颈一软，脑袋垂下，就此无声无息。

童姥临死还是不懂，在她心中，只求画中人不是李秋水就心满意足，可见她知道无崖子可能是爱李秋水的，而绝对不爱自己，毕竟他们已经有了孩子。而自己又不甘心，又不愿向李秋水承认无崖子不爱自己，因此便有了种种故事，童姥临死时当是含乐之悲（对于画中不是李秋水的乐，对于无崖子一种不爱自己的悲）。

而李秋水在心里却比童姥还要黯然，她临死时却是悲中含悲。

李秋水叹道："在你心中，总是偏向你师伯一些。"一面展开画幅，只看得片刻，脸上神色立即大变，双手不住发抖，连得那画也簌簌颤动，李秋水低声道："是她，是她，是她！哈哈，哈哈，哈哈！"笑声中充满了愁苦伤痛。

这个"你"是指虚竹，还是无意中便指成了无崖子？女人总是认为一个薄情郎爱别的女人的成分多些，越是嘴上说他爱自己深的女人越是如此，这难道就是所谓的"女人心海底针"？

李秋水心中一直以为无崖子爱的是自己，她的心和童姥不同，童姥只求画中不是李秋水，而李秋水却是认为画中多半是自己，所以当这个希望被打破后，李秋水比童姥更加激动和难受，是她，不是她，却又是谁？

没有人知道画中的人竟是李秋水的小妹子，童姥、李秋水不知道，无崖子也不知道，这是一种发生在自己内心深处，而自己毫无察觉的爱，这种爱难以表现出来，朦朦胧胧，最为真挚却又最为缥缈，没有人琢磨的透，只有在某一个特别的瞬间才会爆发出来，而这爆发的一瞬便是世间最为真实的东西，张无忌对赵敏的情便是如此。

她说到这里，摇了摇头，叹道："唉，不用说了，各人自己的事都还管不了……"突然尖声叫道："师姊，你我两个都是可怜虫，便是你师弟，直到临死，仍不知心中爱的是谁……他还以为心中爱的是我，那也很好啊！哈哈，哈哈，哈哈！"她大笑三声，身子一仰，翻倒在地。

叹得真，笑得悲，人就是这样弱小，连自己的事情都管不了。恐怕只有人才会这么弱小，因为人有情，人有性，人性就是世界上最深的东西，懂得了人性就懂了一切，但谁又能懂呢？

恩怨转头成空，无人不冤，有情皆孽

无人不冤，有情皆孽，有因有果，无业无报。

萧峰的"杀父仇人"是父亲，杀妻仇人是自己，毁了自己的却是与生俱来的"自己"。萧远山既然活着，那萧峰就只能死了。

段誉恨的人是自己父亲，爱的人是自己妹妹，真父做的孽，假父去承担，所以段誉活了下来。

虚竹，爹在面前而不见爹，刚见了爹，爹却不在了，帮了义弟的爹，也算帮助了自己的娘。遇到义兄的爹，就从此

没有了娘。爹娘的恩怨，爹娘自己还了，所以虚竹活了下来。

钟万仇把别人的老婆当作了自己老婆，把别人的女儿当作了自己女儿，老婆走了，女儿走了，那他也该走了。

木婉清的恨是师父给的，爱是兄长给的，师父成了亲娘，恨就淡了；情人成了兄长，爱就淡了。

钟灵本来就很淡。

段延庆找了半辈子，却不知道自己找什么，最后观音菩萨帮他找到了，原来他要找儿子。

叶二娘也要找儿子，却不知儿子就在丈夫旁；玄慈不想找儿子，儿子却在众目睽睽之下来了。

岳老三该死，却没有人愿意杀，那怎么办，只好为了救师父而被师父的亲爹杀死。

云中鹤早就该死了。

秦红棉、甘宝宝、阮星竹都和情人一起死了，李青萝自己杀死了自己，刀白凤自己救赎了自己。

段正淳终于还完了债，鸠摩智终于放下了心。

阿碧非梦是梦，语嫣梦醒再梦。

阿朱为了萧峰愿被萧峰打死，

阿紫为了萧峰愿把自己打死。

慕容复放弃了眼前去追逐泡影，

庄聚贤放弃了泡影去追逐眼前。

包不同本就非也，风波恶方可为乐。

丁春秋在少林度春秋，李秋水在水中望秋水。

无人不冤，冤在哪？有情皆孽，何以孽？

二、《鹿鼎记》：游戏神通，自在无碍

《鹿鼎记》是金庸的最后一部武侠小说，也是最受关注的一部，被倪匡认为是新派武侠的巅峰之作。之所以有如此高的评价，无外乎两点原因：第一，当然是归功于金庸先生的深厚功底；第二，则是这篇小说赢在了"新"这个字上。

金庸写《鹿鼎记》，用自己的话说，就是要创新，写出不同的风格来。《鹿鼎记》是他的一次自我挑战和突破，这种感觉就像是从一个整日里"之乎者也"的文士先生口中，突然冒出一句"×××"一样。令人既感吃惊，却又觉得新鲜有趣。小说的文字雅俗并赏，能将俗语用得雅正，能将天下国家的大道理说得通俗，每每读起，总令人想到《维摩诘经》中的八字箴言——"辩才无碍，游戏神通"。

文字之惊奇令人拍案叫绝，构思之奇巧令人瞠目结舌，读到深处，不由得不惊喜莫名，欢喜赞叹，深觉此书之"不可思议"。

有人说,《鹿鼎记》不太像武侠小说,更像是历史小说,它的重点不是人物,而是时代。这本来便是金庸的初衷,只可惜天不遂人愿,金庸不仅成功描写出了明清交替时的历史蓝图,还成功塑造了一个武侠史上的奇迹——韦小宝。

韦小宝是一个俗人,但他又与我们不同,他多了几分运气和机智,少了几分狭隘和短浅,这使得我们从一个世俗的角度,看见了一个非世俗的奇人。

正因小说的时代色彩大过了人物塑造,所以《鹿鼎记》总给人这样一种感觉:虽然韦小宝令人忍俊不禁,但读完全书之后,总有一种沉郁之气郁结心头……

小说的回目均采用了清代诗人查慎行的原诗,将这种历史底蕴更深沉地表现出来。换句话说,这部小说描述的就是一幅史诗,而对于史诗,又该怎样评论呢?

说起来很简单,以"诗史写史诗",故笔者采用杜工部的原诗来做此番评论的回目,若有不恰当处,还望诸位读者指教。

江山故宅空文藻,云雨荒台岂梦思

但以一首"绝妙好辞"开篇:
其为宋之南渡耶?如此江山真可耻。
其为崖山以后耶?如此江山不忍视。
吾今始悟作画意,痛哭流涕有若是。
以今视昔昔犹今,吞声不用枚衔嘴。

二、《鹿鼎记》：游戏神通，自在无碍

画将皋羽西台泪，研入丹青提笔呲。
所以有画无诗文，诗文尽在四字里。
尝谓生逢洪武初，如瞽忽瞳跛可履。
山川开霁故壁完，何处登临不狂喜？

这便是吕留良为查士标所画丹青的题诗，题目叫作《如此江山》。那么，"如此江山"是何物？

"如此江山"便是三个字——《鹿鼎记》。

全书一开篇就给读者来了个"先君子，后小人"：先有顾炎武之反清，后有韦小宝之避世，先言清之暴，后言清之仁。

读尽此书，更有一首"绝妙好辞"相和：
其为文之堕落耶？如此小宝真可耻。
其为武之纳新耶？如此小宝不忍视。
吾今始悟写书意，痛哭流涕本意是。
以此视彼彼犹此，赞叹难用笔与嘴。
所以有画无诗文，诗文尽在三字里。
书剑善始鹿鼎完，何处拜读不狂喜？

从文来说，《鹿鼎记》雅俗相合，韦小宝粗鄙可耻；从武来说，《鹿鼎记》标新立异，韦小宝不忍卒读；韦小宝只认画，不认字；《鹿鼎记》外显俗，内含雅；读罢全书，深刻回味，处处深意，处处狂喜。

开篇讲书，便是"至极"：明史案惨烈至极，吴之荣无耻至极，查伊璜奇遇至极，顾炎武粗心至极，陈近南英雄至极。

小说第一回在未修订之前，本来就是楔子，作者一开篇便讲了两段故事，伏下了两个人物，一个故事说明小人的奸

狠，一个故事说明反清义士的慷慨。

两个人物一个是顾炎武，一个是吴六奇，一个是名士，一个是武人，但却及不上一个文武兼备的陈近南。这三个人都是汉民族本位观的拥护者，最后三人都失败了。民族的对立到融合的变化，在这三人的遭遇上大可见得。

"秦失其鹿，天下共逐之""楚子问鼎于周"，鹿和鼎，都是天下的意思。《鹿鼎记》就是放眼天下的一部小说，所以金庸称其为"历史小说"。

一开篇，金庸还原了一个时代，那是一个"官兵没道理"的时代，一个"北风如刀，满地冰霜"的时代，一个"人为刀俎，我为鱼肉，人为鼎镬，我为麋鹿"的时代，一个"小人得志，君子遭祸"的时代。

宏大的背景，微渺的开端，九层之台就这样从韦小宝这块垒土上平地而起。

京华应见无颜色，红颗酸甜只自知

鲁哀公曾问孔子："寡人生于深宫之中，长于妇人之手。未尝知哀也，未尝知忧也，未尝知劳也，未尝知惧也，未尝知危也。"

比起鲁哀公，韦小宝似乎是极不光彩的，他是"生于妓院之中，长于妓女之手"。不过他也有强过鲁哀公的地方，那就是妓院不比深宫，那是世界上最低贱的地方，很能磨炼一个人的能力。仔细想来，澄观老和尚说得倒是有理："在妓院中修行，那也好得很。"

韦小宝就是从小在妓院里修行，天可怜见，小小年纪便已"勇猛精进"。他知忧而不常忧，知劳而不想劳，知惧而无所惧，知危而不陷危。

韦小宝，说白了就是白丁一个，他的极为有限的知识来源于听书看戏。人就是这样的奇怪，即使你本身是个不折不扣的底层人物，可还是在心底对那些美好的事物充满了向往。小人的心中又何尝不羡慕君子，只不过他们更爱名利罢了。

韦小宝不是英雄，却自小敬佩英雄，在他看来，英雄就是讲义气。所以，"讲义气"是韦小宝硕果仅存的高尚情操，这一点倒也不可不察。脑袋一热，便充英雄好汉，这是骨子里的昂扬；灵机一动，则有退敌妙策，这是危难中的潜能。

不过韦小宝的义气倒也不是孟子所谓的那种纯粹的义，而是一种带有主观色彩的、与利益情感相辅相成的特殊义气。

韦小宝对茅十八如是说："杀就杀，我可不怕，咱们好朋友讲义气，非扶你不可……"这话说得讲义气至极，我要是茅十八，绝对认为这小子是个神童。但我们回过头来一想：不对啊，茅十八这个时候有什么值得韦小宝和他讲义气的呢？

韦小宝和他讲义气的原因很简单，那就是二人同仇敌忾，要不是盐枭扇了韦春芳一巴掌，惹得韦小宝大打出手，而茅十八又打了盐枭间接地为他出了气，韦小宝恐怕也不会如此热心肠地为茅十八冒此大险。但既然上了义气这条"贼船"，那也就非得充充好汉不可。即使如此，也得掂量掂量这一万两和十万两的赏格，还好最后义气赌赢了银子，茅十八也因此活了下来。

韦小宝在救茅十八时，也有义气动摇的时候，但就是茅十八对他的信任使他彻底下决心坚持义气。这种信任其实更是一种尊敬，使他有了人格尊严。一个卑贱的人，被人吆来喝去的人，突然受到了别人的尊敬，这种感觉会让他感激，会让他付出，会让他义无反顾。所以，我们纵观韦小宝对茅十八，称得上是仁至义尽，原因大抵源于此。

韦小宝出于卑微，骨子里就有一种"王侯将相，宁有种乎"的狠劲和勇决，这和勇敢不一样，但有时却比勇敢更可怕。他见不得倚强凌弱，见不得以富压贫，因为他本来就是弱者，就是贫者。所以在他弱小时，他敢痛骂盐枭；在他强大时，又何尝欺负过一个弱者。他欺负的都是曾经的强者，玩弄的都是世间的上层人物。

面对凶神恶煞的盐枭，就剁脚板；面对武功高强的史松，就撒石灰；看见衣服华贵的白氏，就骂拦路尸。无论是撒石灰还是剁脚板，那都是为了保命，不仅是为了自己保命，也是为了讲义气，保茅十八的命。

说起茅十八这个人，那是很糟糕的。在《鹿鼎记》这桌大赌局中，他是还没下注就已经输得倾家荡产了。要不是韦小宝，他的遭遇就是一出场便死。如此看来，韦小宝算得上是他这一生的贵人，救他性命无数次，到头来总是挨他一顿痛骂。

茅十八打架靠蛮力，韦小宝打架靠使诈，旁人不好说什么，只有他们自己心里明白，到底谁更高明一些。一个莽夫，一个混混，哥儿俩半斤八两，但要说管不管用，那韦小宝可

二、《鹿鼎记》：游戏神通，自在无碍

比茅十八高明何止百倍。

因为韦小宝已经形成了自己的一套理论体系："用刀杀人是杀，用石灰杀人也是杀，又有什么上流下流了？"

只要达到目的，用什么手段都无关紧要，这就是韦小宝的生存法则。

我们在用道德规范责备韦小宝的时候，不妨三省吾身，看看自己是否比他要强，或是和他一样。我想每个时代，像韦小宝这样的人都不会少，而且韦小宝的这个理论贯彻始终，打架用的是撒石灰，剁脚板；后来与沙俄打仗用的不也是撒尿耍无赖吗？而此战大胜，正是韦小宝理论实践化的大胜利，茅十八当时要是在场，恐怕也得甘拜下风。

更何况人家韦小宝还有一技之长，那便是说书。但看他为茅十八趣味说书一节，便显其功力，可谓引人入胜，环环相扣，引古喻今，骂人于无形。听得茅十八不住点头，神驰天外，即使挨骂，也心甘情愿。

这韦小宝说书的风格也正是《鹿鼎记》的风格——辩才无碍，游戏神通。要说这茅十八也颇为有才，说书如果单是自说自话，不免美中不足，十八兄竟能每在关键之处，发出关键一问，使得韦小宝顺藤摸瓜、谈笑风生，两人配合几近完美，比起周伯通为郭靖讲故事，自是胜之远矣。

后生相劝何寂寥，君有长才不贫贱

韦小宝从妓院的大染缸里，纵身一跳，跳到了宫廷这个

更大的染缸里，从此飞黄腾达。事实证明，韦小宝天生就是染缸生活的材料，只不过妓院这潭水太浅，无法令他大显身手，皇宫正为他营造了这个机会，这个池中之物，终于借着风雨幻化成龙了。

韦小宝之所以后来可以青云直上，有三个大恩人那是不得不提的：第一个就是号称"老乌龟"的海大富。韦小宝和海大富可谓是相得益彰，用韦小宝的话来说就是：你马马虎虎地教，我含含糊糊地学。

这两人是你忽悠我，我忽悠你，互相忽悠，互相陷害，互相下毒，唯一不同的是韦小宝这局赌赛，有太后和陈近南帮庄，所以"老乌龟"不仅瞎了，而且连命都输进去了。"老乌龟"打了"小乌龟"两掌，第一次丢了四根手指，第二次丢了一条老命，没办法，谁叫你没有帮庄的呢？

"小乌龟"赢了"老乌龟"，不仅赢了"老乌龟"的住处，连他的官职也都赢来了。这一赌，"小乌龟"大胜。

这部小说中的许多人物都是历史人物的缩影，历史人物是可以论是非成败的，但很难论孰好孰坏。海大富是好人还是坏人呢？

也不好说，不过我们可以知道，海大富所做的种种只有一个目的——找出害死端敬皇后的真凶。他是在为故主尽忠，哪怕故主已经再无权势。至于韦小宝一节不过是一小段插曲而已，就连韦小宝最后也有些同情海大富了，一个形体不全的宦官，一个瞎了眼睛的老人，一个失去主人的奴仆，世上还有什么是能让他活下来的理由呢？

恐怕只有故主的委托和信任了吧。宦官被称作是刑余之人，其实不唯宦官，每个人在刑余之后，都会性情大变，而这大变也分两种，一个是奋发，一个是扭曲，前者自然是流芳百世，后者也必将遗臭万年。这么看来，海大富已经算是不错的太监了。说了这么多，其实想说的就是一句话，不要把海大富当作反面人物，也不要把韦小宝当作正面人物，要把他们当作"历史人物"。（有成败，无善恶。）

韦小宝和康熙的君臣际遇可谓千载一时，两人是摔出来的交情，韦小宝的一招"踏马蹄式"牢牢地将康熙制服了，以至于以后成了康熙的口头禅。这一场被海大富和假太后操控的假把式，竟然将这一对亘绝古今的君臣联系在了一起，这是众人都始料未及的。

两人都是好胜之人，康熙在与韦小宝的打斗中第一次感受到了一个少年应有的快乐和轻松，韦小宝也从中获得了人生第一次堂堂正正的胜利，无论于谁而言，这都具有标志性意义。

"小乌龟"赌赢了"老乌龟"，这对于赌圣韦小宝来说，简直就是小赌怡情，小试牛刀，小事一桩，他还要赌赢一场大的。这次康熙坐庄，他帮庄，对手是——大权臣鳌拜。这一次是韦小宝人生第一次大赌，赌的是自己的命。

韦小宝灵机一动，心道："咱们这一宝押下了！通杀通赔，就是这一把骰子。"纵身而出，挡在皇帝身前，向鳌拜喝道："鳌拜，你干什么？你胆敢对皇上无礼吗？你要打人杀人，须先过我这一关。"

69

我们不妨看看史书，历朝历代的忠臣良将在韦小宝面前都显得黯然失色，这哪是小"混混"啊，这是震古烁今的大大忠肝义胆之人。其光辉足以震古烁今，难怪康熙感动，我要是没看见上文，光凭这句话，我也感动得再也不去看史书了，再看也没人比韦小宝忠诚啊！

韦小宝这一次实在不亏，即使是输，输得最惨的也是坐庄的康熙；要是赢，那可就不可限量了。皇上坐庄，岂可太抠门，对于此等大忠臣还不是大大奖赏。结果，这一注，赢得一塌糊涂，鳌拜的一切都被韦小宝接收了：家产分了一半，宝物穿在了身上，就连满洲第一勇士的名号也被抢走了，最后当然命也被韦小宝赢走了。

这一局，小贪官胜大权臣。韦小宝终于如愿以偿，以下三滥手段而成为英雄，倒也不失其初衷。

其实，韦小宝对自己的定位非常精准："好是不太好，坏也不算挺坏。"不害不陷害自己的人，不留不想留自己的人，你要害我，那你就别怪我。这样看来，倒是真的不算太坏。

韦小宝之所以赢了个十足十，完全在于他有一个强大的庄家——康熙。这让他逐渐意识到，要想赢，就要有个大靠山；底子厚，赌起来才敢下注。自从小桂子遇到了小玄子的那一刻起，韦小宝的每一次赌局真正的庄家都是康熙，最大的赢家永远都是小玄子，他韦小宝永远都不是真正的庄家，只能是帮庄。

青丝白马谁家子，粗豪且逐风尘起

中国历史上的奸臣可谓比比皆是，但其中也不免有一些身不由己者。一些人是发自内心的、彻彻底底的奸，而还有一些则是替皇上背了黑锅。就像小说中的康熙和韦小宝一样，君王想杀人，自然不好亲自动手，所以皇帝要杀人很简单，他只需要说一句模棱两可、拐弯抹角的话，手下的臣子就要为他办了这件看起来不光彩的事。

如果你听不出皇帝的弦外之音，那也不用客气了，你的乌纱帽就到此为止。善归之于君，恶归之于臣，谁让孔夫子有云，"君君臣臣，父父子子"呢，做儿子的岂有不为父亲背锅之理？

幸亏韦小宝杀的是鳌拜这个奸臣，而背后偷袭的臭名对于撒石灰、剁脚板的"小白龙"来说，也没什么不光彩。所以这个锅，韦小宝背得值，毕竟对于不知情者来说，人家可是一对一地纯靠武功制服了满洲第一勇士鳌拜，光是这份武功就足以惊世骇俗，更遑论胆气了。何况，韦小宝倒也真有些胆气！

一觉醒来……心想："老子这次定然逃不过难关了，待会只好大骂一场，出一口心中的恶气，再过二十年，又是一条大汉。……鳌拜是朝廷大官，韦小宝只不过是丽春院的一个小鬼，一命拼一命，老子便宜之极，哈哈，大大便宜！"

这倒真有些江湖好汉的气概，不全是个贪生怕死的混混。

天地会以反清复明为己任，而且目的是要把清朝尽数杀死，而不是单纯地赶走。青木堂的这些人充其量也就是个茅十八,个顶个的江湖莽夫,但就是这些江湖莽夫的小义气,反而是韦小宝在书里听得最多的、也是最佩服的,佩服到竟然忘记自己是那些人要杀的目标。

这种矛盾一直伴随着韦小宝,直到他最后的隐退。韦小宝一面反清,一面扶清,不正是一种融合吗——民族矛盾的调和。最后实在调和不了,那就只能溜之大吉,从这一点看,韦小宝要比天地会那些狭隘的民族主义者强得多。只不过,他自己也想不到自己有如此高的境界,他的一切行为都是以义气为基础的,但即使如此,他在左右逢源的同时,也体现出了一种圆融。

既有人缘,又有本事。这种人本就难找,可是天地会运气不差,找到一个"经天纬地"的高人做香主。

有人的地方就会有斗争,为权为利为名,就连天地会也不例外,一个个小小的青木堂香主竟也是争吵连连。有了不统一,就需要有人来拿主意,于是陈近南来了。

陈近南是小说里少数的正面人物之一,也是韦小宝发自内心敬佩的人物,可见韦小宝本性不坏,心里不坏,坏的只是他的表面罢了。韦小宝初见陈近南一幕很是有趣,算得上是一反韦小宝的常态——

韦小宝微微仰头向他瞧去,见这人神色和蔼,但目光如电,直射过来,不由得吃了一惊,双膝一曲,便即拜倒。

可见君子本身就对小人具有一种威慑力,一种浩然正气的威势会让小人局促不安,这也是君子小人水火不容的原因之一。因为小人怕君子,所以才要想方设法害君子。

在陈近南面前,韦小宝吹不起牛,说不起谎,那冷冷的目光令其凛然生惧。韦小宝对陈近南的态度是前后截然不同的，开始时是把陈近南当成了他心目中的英雄、真正的师父，徒弟对师父，敬畏不已。后来是把他当作自己的父亲，就像杨过一样，从小就渴望有一个英雄了得的父亲。韦小宝也是这种情感，在他心里陈近南已经是父亲了，儿子在父亲面前撒撒娇、说说谎也就没什么大不了了。

陈近南收韦小宝为徒是另有所图，韦小宝拜陈近南为师却是真心诚意，事情倒是有趣得紧，君子和小人完全反了过来，小人竟然诚于君子了。小说对韦小宝加入天地会担任香主的流程进行了极为详细的描写，这被许多读者认为是烦笔，既无聊又和主干无关联，包括天地会众人讲述以前的事情，都略感乏味。

但我们要知道，金庸是想把《鹿鼎记》当作历史小说来写的。所以想看热闹的读者多多少少会有些失望，幸好这份缺少的热闹，韦小宝也会给补偿回来。陈近南收韦小宝为徒是一种极为冒险的投资，也是一种赌，不过他很幸运，这恐怕是他今生第一幸事了。命运无常，谁又能想到，就是这个不靠谱的小徒弟，最后拯救了他一生的心血。

庄子言道："君子之交淡如水，小人之交甘如醴。"韦小宝交友既不是淡如水，也不是甘如醴，那是——醉如酒。"元宝＋高帽＋义气"的交友方法让你陶醉其中，不能自拔，所以在韦小宝的朋友中，不只是势利之交，更有着几分真情实意，不只是酒肉朋友，更有些真交情。韦小宝这种把真情感夹杂在花言巧语中的交友之道可谓大放异彩。

韦小宝交朋友是十分有门道的，不是势利之交，不是君子之交，而是义气之交，不是单纯的酒肉朋友，而是以义为主，以利为辅的朋友，所以看起来他所交的朋友都似乎是甘如醴的，但到危急时刻，这种淡如水便体现出来了。就像他和杨溢之的交情一样，发自于他的侠义之心，因此也就得到了杨溢之的真诚感激，至于赏赐金钱，那只不过是在感情基础上的更进一步罢了。

韦小宝的夺经之路，也是他的成长之路，每一次都能学到不同凡响的宝贵经验。第一次齐元凯不仅为他做了嫁衣，还教给他一个乖：干事之前，先找好替死鬼。恐怕就连齐元凯也没有想到，报应来得这么快，他刚刚让别人成了替死鬼，自己就已踏上了替死鬼的行列。

说韦小宝是个兵法家简直太贴切，他最擅长的就是因地制宜，利用外物。号称铁掌无敌的瑞副总管，就是被韦小宝借助海大富遗留下来的一缸水捅死的。直到死，瑞栋也是满脸的惊讶和不信，自己本是前来索命的，却因此送了命，还拱手给韦小宝送了两件礼——副总管的职位和一本四十二章经。

有道是"新官上任三把火"，前尘未落，大风又起。白氏双木和八臂猿猴的公案就落到了韦小宝这个新任香主的头上。这件事很简单，起因就是拥唐还是拥桂，完全是一个没有意义的争论。肉还没到手呢，就开始争怎么分合理的问题了，总是不能够团结一致。

天地会误认为猿猴被沐王府捉去了，所以就捉了沐王府的"茯苓雕花猪"沐小郡主，以此来报复沐王府。这小郡主沐剑屏天真无邪，但却会喜欢上韦小宝这个狡猾怠懒的人，倒也令人惊奇，这也许是一种"至诈配至纯，竟也天成"的命运吧。韦小宝对小郡主的"虚情假意"反被小郡主认为是真心的好，一句"你不死就好了"竟然是"幽幽叹气"说出来的，这其中包含了很强烈、很真诚的情感，这感情此时便已在小郡主的心中生根了。

俗话说得好，爱人者人恒爱之，换言之，骗人者人恒骗之。韦小宝总是花言巧语戏弄沐剑屏，于是他遇到了沐剑屏的方怡方师姐。从韦小宝对两人的言语中能看出，他对沐剑屏虽然戏弄，但都是围绕一些无关紧要的事情上，而对方怡则是关于男女之情了。男人总是要被女人骗的，这好像成了经久不变的定律。就算机智狡猾如韦小宝，还不是被方怡欺骗，韦小宝的感觉还是不一般的，一见到方怡就觉得方怡不是很靠得住，害怕她偷自己东西。可惜的是当人为情所困时，再聪明也是糊涂，以至于多次陷于险地，这一辈子恐怕也只有康熙和方怡能真正让韦小宝吃亏翻船了。

言归正传，沐王府这件人命案要是换了别人恐怕很难处理，可这件事就偏偏落在了韦香主的手里，而韦香主的手里也已经有了沐剑屏和方怡这两个筹码。要说这件公案，徐天川打死了白寒松，徐天川受重伤去了半条命，而沐王府又从卢一峰手里救了徐天川，所以天地会欠了沐王府一条半命。要想还清，恐怕只有把徐天川交给沐王府处理了，也许剩下的半条命沐王府会看在武林一脉的份儿上，给抹账了。

可是天地会从此在沐王府面前就会抬不起头来，毕竟欠了人家恩惠。幸亏韦香主挺身而出，使用了以命换命的办法，不仅救了吴立身三人，还赠送了方怡二女，这下立马翻盘，不是天地会欠沐王府了，反而是沐王府欠天地会，看起来韦香主倒真是"有点门道"（沐剑声语），令人"三分佩服"（柳大洪语）。

虽说要做英雄，就要自己吃亏，但韦小宝在这件事上不亏反赚，从此天地会再也不敢小觑他，沐王府始终感激他。既得到了下属的敬佩爱戴，又得了义薄云天的美名，最令他高兴的恐怕还是师父的赞许认可。

寺下春江深不流，山腰官阁迥添愁

佛门广大，高僧大德，所在多有，兹有少林晦聪禅师，佛法精深、定力高强、神功盖世、智虑深远，实可谓"前无古和尚，后无来和尚"。

韦小宝奉旨出家，皈依三宝，忝为少林晦字辈高僧，当真是机锋妙语，层出不穷。

自残以度众生，可与佛祖舍身喂虎并驾齐驱；

于妓院中勇猛精进，深得维摩诘居士之风，正所谓"无处不道场"是也；

定力高强，虽敌拳打来而身不移；智虑深远，虽万千喇嘛而阻不住。

对于韦小宝而言，天下武功之妙莫过于"也不难学"。

对丁老澄观而言，世间佛法之深莫过于"师叔法谕"。

韦小宝是典型的花和尚，澄观是典型的呆和尚。在少林寺调戏女子，游览妓院，让老和尚成为帮凶。澄观原是傻得可爱，痴得可喜，没有他，韦小宝的寺庙生活必将大大减色。

自经丧乱少睡眠，长夜沾湿何由彻

前生多难，今世多难，尽是无边思念，放眼难放旧怨。

碧血之阿九，断臂断情，鹿鼎之九难，伤心伤意。

呜呼，天下竟有如此人物！

九难一出，往事尽出，小宝一遇，旧诗新篇。

睹护体背心，遥想天涯海角，君子何在；喜红英重逢，往事知多少，旧人何存；游宁寿旧宫，故国不堪回首，满目寂寥；得真经碎皮，花自飘零水自流，化作春泥。

九难是韦小宝的靠山，韦小宝则是九难的拐棍。恐怕韦小宝对九难的敬爱，只有陈近南才可匹敌——"只觉她清丽高雅，斯文慈和，生平所见女子中没一个及得上"。

在韦小宝心里，九难是世间女子第一人，连阿珂也比不上。九难虽未必有阿珂漂亮，但自有一种高贵清华的气质，使韦小宝大为倾心。从此处，也可以看出韦小宝并非只是个好色之徒，他还是比较看重一个人的气质内涵的。

又向白衣尼瞧了一眼，见到她高华贵重的气象，不自禁的心生尊敬，好生后悔叫了她几声"妈妈"。

韦小宝恨高贵的人，然而他恨的是那些自以为高贵的人，而不是恨高贵本身。高贵的本身本来就令人向往，九难就是真正的高贵，因此韦小宝敬爱她。在韦小宝心里，也许想叫的不是"妈妈"，而是妈妈，这种感情就像是他对陈近南的感情一样，他需要父爱，也需要母爱，而韦春芳显然没有给他所谓的母爱，因此"妈妈"一词在韦小宝眼里便成了一种骂人的词汇，只有深意却没有意义。

韦小宝对于九难来说自然也是重要至极，是九难的救命拐棍，要比救命稻草分量重得多。"隔板刺人"虽然伤敌无数，毕竟算是偷袭，非好汉行径。那韦小宝的"隔山打牛神拳"和"护头金顶神功"就是实实在在的正面功夫了。尤其是后者，那不是忽悠，那是赌，用命来赌。看着趴在地上起不来的郑克塽，再看看视死忽如归的韦小宝，谁是真英雄，就不用多说了吧。

韦小宝能得脱吴三桂魔爪，也多亏了这个"武功天下第一"的师父。就像韦小宝说的，九难运气不好，这个徒弟只能学得一些逃跑法门"神行百爬"，愿老天爷有眼，让九难再收八个威震天下的好徒弟，连赢八场。

这个倒很有意思，后来九难借着韦小宝吉言，倒真是连赢八场，收了八个好徒弟，其中便有民间大名鼎鼎的吕四娘和甘凤池（具体可读梁羽生所著《江湖三女侠》）。

"白衣尼凄然一笑，月光之下，她脸颊上泪珠莹然，这一笑更显凄清"。九难走了，一句"好自为之"蕴藏了她对韦小宝的关怀和鼓励。自此，九难留在这个世间的，恐怕也只有那一滴凄清的泪珠了……

二、《鹿鼎记》：游戏神通，自在无碍

往时文采动人主，今日饥寒趋路旁

刘一舟追杀韦小宝一节可谓惊险百出，峰回路转。韦小宝好心没好报，刘一舟大爷变孙子，变化之快，令人叹为观止。

刘一舟火气立降，问道："你怎么知道？"将匕首缩后数寸。

刘一舟忽又发怒，咬牙说道……匕首前挺数寸。

刘一舟火气又降了三分，将匕首又缩后了数寸……

刘一舟登时心花怒放，忍不住也笑了出来，却不放开他手腕。

金庸寓心情于匕首之中，不仅表现出了刘一舟的心理变化，更体现出韦小宝的语言魅力。此时，刘一舟已经完全处在韦小宝的语言操控之中，所差的也就是那曾经用来救他而如今却要用来害他的蒙汗药了。

小说里有个非常有意思的东西，就是极具趣味的"报应来得快"。这种因果报应不像《天龙八部》那样令人痛苦深刻，而是在趣味中令人深思。前者大哭悔悟，后者大笑警戒，前者是大轮回，后者是小惩戒。

韦小宝常用蒙汗药害人，却被假太后派人迷晕；刘一舟因为蒙汗药得以逃脱皇宫，却又因蒙汗药而深入坑中，险遭活埋；韦小宝剃了刘一舟做假和尚，没想到自己马上就成了真和尚；刘一舟先前耍横装狠，后脚便活埋求饶；韦小宝前脚欲尿灌刘一舟，后脚就被方怡赏了一个耳刮子。

真可谓报应来得快，害人反害己。

装神首指神龙教，弄鬼当推三少奶。至于韦小宝，那是神鬼莫测，见神骗神，见鬼骗鬼，鬼神甘拜下风。

小说中有一段韦小宝论鬼，精彩至极，韦小宝如是说："有些鬼是瞧不见的，等你瞧见，已经来不及了。"

没错，小人做的坏事的确瞧不见，阴谋往往都是无形靠近的，当你大难临头时，为时已晚。这就是小人的厉害，玩暗不玩明。

刘一舟如是说："天下恶鬼都欺善怕恶。"

没错，小人欺软怕硬的本性已是故老相传，所以对待小人有时以暴易暴也是必不可少的手段。

方怡如是说："人怕鬼，鬼更怕人，一有火光，鬼就逃走了。"

也没错，小人见不得人，尤其是在君子面前，他会感到一股震人心魄的正气，这不是它能抵御的，因此只能逃走，然后找个机会偷偷绕到你背后，采取韦小宝所说的法子来迫害君子。

小人果然可怕，怪不得韦小宝也说"我不怕人，只怕鬼"了。说了半天，原来韦小宝说的不是鬼，还是人！

遥拱北辰缠寇盗，欲倾东海洗乾坤

神龙教算是一个小朝廷，着重点则是这个朝廷里的人和斗争。这个朝廷是个充满了歌功颂德之声的"圣朝"，洪教主就像是"鸟生鱼汤"一样受世人敬仰的皇帝。在这个小朝廷中，个人崇拜现象泛滥，你说他是影射也好，讥讽也罢，但有一点是毋庸置疑的：神龙教这种行为，不是特殊性，而

二、《鹿鼎记》：游戏神通，自在无碍

是一种普遍规律——历代统治者的通病。

"教主仙福齐天高，教众忠字当头照。教主驶稳万年船，乘风破浪逞英豪！神龙飞天齐仰望，教主声威盖八方。个个生为教主生，人人死为教主死，教主令旨遵从，教主如同日月光！"……众人念毕，齐声叫道："教主宝训，时刻在心，建功克敌，无事不成！"那些少年少女叫得尤其起劲。洪教主一张丑脸神情漠然，他身旁那丽人却笑吟吟地跟着念诵。

这里的教主宝训就是以前皇帝的宝训，教主虽然脸上漠然，实则心底高兴，他只是遵循了一个统治者的原则——喜怒不形于色。这样才能让别人猜不透，看不穿。小说中，洪教主扮演的角色就是一个懂得权谋的帝王。

洪教主脸色木然，淡淡地道："咱们教里，老朽糊涂之人太多，也该好好整顿一下才是。"他声音低沉，说来模糊不清。韦小宝自见他以来，首次听他说话。

所以说，功高盖主永远都是功臣的悲哀。

洪教主仍是神色木然，对于钟志灵被杀，宛如没有瞧见。

功臣在他眼里已是最大威胁，除去如粪土。

七少年刺杀钟志灵，洪教主犹如视而不见，青龙使刺杀八少年，他似乎无动于衷，稳稳坐在椅中，始终浑不理会。

于皇帝而言，两种新旧势力的斗争，无论谁赢谁负，受益的都是自己，这便是制衡之术。

神龙教中的每一个人都扮演着一种历史角色，喜怒不形于色的"皇帝"——洪教主，俨然女主强势的"皇后"——洪夫人，心灰意冷的赤龙使，直言进谏的白龙使，阿谀奉承

的黄龙使，反抗自保的青龙使，当然还有左右逢源、调和矛盾的重要人物小白龙韦小宝。

此处便有众人拥立"韦教主"，后面更有名士提议"韦皇帝"，无论什么职位，韦小宝一概拒绝之，实在是大有自知之明：小丈夫拥神器，至不祥，何况傀儡乎？

叛乱过后，洪教主为青龙使治伤，盖是效法赏雍齿而安定群心，赏最恨之人，则人人心安；扣家眷，则人人不敢心怀二心；降祥瑞，则人人畏而归心。清凉石碑，上应天象，明知是假，却能震慑人心；五龙令牌，视为国玺，虽无神力，却能统率众人。前庭冷漠漠，后宫笑嘻嘻，美人三招自能击败英雄三招，谁让自古英雄难过美人关呢？贵妃回眸则子胥有鼎难举，小怜横陈则鲁达有柳难拔，飞燕回翔则狄青降龙难降燕，自古如此，不唯洪教主一人。

先舀一瓢喂给教主喝下，其次喂给夫人。第三瓢却喂给无根道人，说道："道长，你是英雄好汉。"第四、第五瓢喂了胖头陀和陆先生，第六瓢喂给沐剑屏。

韦小宝于做官之道果是天赋奇才，前两瓢尽君臣之道，第三瓢有尊贤之意，下一瓢乃朋友之道，后一瓢显亲亲之心，四瓢过后，为官之道尽显。

加入神龙岛本来就是无奈之举、权宜之计，所以当韦小宝再次来到神龙岛时，带来的不是白龙使对教主的祝福，而是大炮。神龙岛的基业因为韦小宝的介入而得以保全，也因为韦小宝而土崩瓦解，成败皆在此，恐怕就连无所不能的洪教主也没能想到神龙教的命运会被一个小滑头所左右。

二、《鹿鼎记》：游戏神通，自在无碍

方怡忽悠了韦小宝，韦小宝忽悠了洪教主，不同的是，前者忽悠的结果并不理想，自己还是身在牢笼，而后者却已经"溜之乎也"。

可见，独论忽悠一道，韦小宝确是无往不胜，或是真如施琅所说，至尊宝加上天牌宝，岂不大赢特赢。虽然来时威风凛凛，走时狼狈至极，但这一回还没有赌完，到了辽东，咱们接着赌。

干排雷雨犹力争，根断泉源岂天意

论当今"英雄"，唯小滑头与大汉奸尔，其余数子，不足虑也。

韦小宝和吴三桂的较量称得上是斗智斗勇，当然，最后以韦小宝的胜利告终。接风宴，韦小宝软硬兼施，颂康熙之"鸟生鱼汤"，指吴三桂之图谋不轨；转而改口，称吴三桂之忠心不二，先是一惊，再是一安，使得吴三桂有气无处发，反要送上银子。骇敌、安抚、受贿一起办，此等手段，令人甘拜下风。此回合，韦小宝胜！

阅兵场，吴三桂军威如山，喊声震天，惊得韦小宝面如土色，站立不稳，这一下马威就告诉了韦小宝——平西王不是吃素的。这回合，吴三桂胜！

黑坎子，你残害杨溢之，我抓捕卢一峰，顺带获得了四路起兵的大阴谋，做到了知己知彼，这一次韦小宝大胜。平西王府，吴三桂一败涂地，白虎皮是祥瑞，石屏风有寓意，不学无术的韦小宝效法起东方朔，玩起了隐语譬喻，听得吴

83

三桂攫然心惊,不知如何自处——

吴三桂心中怦怦乱跳,待要相问,终究不敢,一时之间,只觉唇干舌燥。

吴三桂的反应,说明了韦小宝的话起了大作用,对于任何臣子听到这种话,恐怕都要吓个半死,就算是吴三桂,在他还没有做好造反准备之前,一样吓得"唇干舌燥"。

韦小宝一鼓作气,转隐语为暗讽——

韦小宝说道:"当年王爷镇守山海关,不知用的是哪一件兵器?立的是哪一件大功?"

这次吴三桂的表情是"倏然变色",是生气,是害怕,也是难堪。

韦小宝又道:"听说明朝的永历皇帝,给王爷从云南一直追到缅甸,终于捉到,给王爷用弓弦绞死⋯⋯"说着指着墙上的一张长弓,问道:"不知用的是不是这张弓?"

这时吴三桂"狂怒不可抑制",但他还是忍了下来,只是明笑暗骂,嘿嘿干笑。韦小宝所采取的攻势并没有击倒吴三桂,不过不要紧,韦小宝还有诈术,以耿尚谋反之意来探吴三桂。由于做贼心虚,吴三桂不由得方寸大乱,韦小宝也就趁机偷换经书,还得了一对火枪,这一次赢大了。

安阜园,韦小宝不仅识破了吴应熊的用心,还得公主之助,阉割了他,吴三桂又吃了个大亏。在这里要说的是,我们可以看出韦小宝并不是一个普通人,他的细心和敏锐观察力在这里深刻地体现了出来——

韦小宝站在一旁,似是漫不在意,其实却在留神他的神色举止，只见吴应熊眼光下垂，射向那家将右腿。韦小宝顺着他眼光瞧去，见那家将右手拇指食指搭成一圈，贴于膝旁。

仅此一个小细节，我们很多人恐怕都无法发现，韦小宝却能从中发现端倪，其细心应变之才，足可称道。

平西王一败再败，不能再败了，终于机会来了——阿珂行刺吴三桂，给了吴三桂一个翻盘的机会。吴三桂用沐剑屏李代桃僵，迷惑了韦小宝，也打乱了他的方寸。人只有在危急时刻才能看到他的真实本性，韦小宝此时撕下了官场虚伪的嘴脸，对夏国相说话不再客气，甚至要发兵和吴三桂火并。

在这上我们可以看到韦小宝的不成熟，更能看到他不是胆小之人，为了自己真正爱的东西，他可以牺牲一切，包括自己的命。我们不要说韦小宝一无是处，每个人都不是一无是处，优点是需要慢慢发掘的。

三圣庵中，陈圆圆唱曲解说，韦小宝帮腔，好一首精彩的圆圆曲。"古往今来第一大美人"和"古往今来第一小滑头"联袂说唱，"古往今来第一大汉奸"和"古往今来第一大反贼"共同起舞，又有"古往今来第一大高手"亲自压场，恐怕这首《圆圆曲》称得上是空前绝后了。

大汉奸和大奸贼可以制服大美人，大高手又制服了大奸贼和大汉奸，小滑头又可以制服大高手，大美人又偏偏克制了小滑头，好个天道往复！

吴梅村自是才华横溢，一首《圆圆曲》写尽历史变迁、物是人非，但这还不如"狗屁才子韦小宝"。韦小宝的才情没个说，那是一流的，连陈圆圆都亲口赞誉。作者借陈圆圆之口，交代了《圆圆曲》的历史背景，借韦小宝之口说出了该说的话。都说刀剑伤人，殊不知刀剑伤人还是救人，端在持剑之手；都说红颜祸水，但天下若没有坏皇帝，红颜岂能有如斯威力？

想不到，韦小宝才是陈圆圆的知己，想不到韦小宝才是有担当、有见识的大才子。仔细想来，韦小宝倒真是有几分英雄气概，功名富贵、金银财宝、美貌女子尽收麾下，只有皇帝不想做，也做不来。这么看，韦小宝很有自知之明，他很清楚自己需要什么，也做到了急流勇退，果然具有大智慧！

蛮夷长老畏苦寒，昆仑天关冻应折

以史为鉴，可以知兴衰；以人为鉴，可以观成败。历史最大的功用不是它的真实与否，而是它对后世的影响和指引。一国之情，千万国之情也；一人之情，千万人之情也，国情、人情皆可相同，中华、罗刹亦可相通。中国用来篡位夺权的手段，放之罗刹，亦有大用。

"中原好男"韦小宝借"罗刹鬼婆"苏菲亚之力，制服了"中原汉奸"洪教主，汉奸、滑头、荡妇，邪教头子、中原大官、罗刹公主，这一幕倒是似曾相识。这三个不正经的人聚在一起，腥风血雨自是必不可少，雾水情缘也是大有特有。

历史有时候就是那样的残酷，典雅繁复的背后往往是简单粗暴，作者借韦小宝之言说出历史的真相，原来竟如此简单："要做皇帝，一定得打，中原人，向来如此。"

二、《鹿鼎记》：游戏神通，自在无碍

关二爷有春秋，韦爵爷有英烈传，靠说书而平一国之乱，这次韦小宝靠的是真才实学立功，再不是溜须拍马，难怪意气风发之至。

韦小宝受命讨伐罗刹一节堪称千古戏说之典范，战争史上的经典战例，让人看了又好笑又痛快。但也有人认为这太过于戏说，失真至极。若是这样想，那就不仅是有伤大雅，连小雅也伤得很了。

历史记载是严肃的，历史借鉴是深刻的，历史过程却是充满戏剧性的。中国的历史中就有很多充满戏剧性的故事，而这看起来极其玩笑般的事情，却推动着历史的发展。既然韦小宝喜欢听书，读者喜欢看书，那金庸先生便毫不犹豫地采取了说书式的写法来描写韦小宝远征罗刹一段。

出征前的礼仪完备，可谓是"丞相鱼鱼工拥笏，将军跃跃俨登坛"；

两军列阵时的英姿飒爽，宛如"诸葛之亮，关云之长"；

烤肉串、扒裤子，用兵之奇虽孙子不能过；

水漫雅克萨，冰冻鹿鼎山，运计之巧实不亚武侯；

一日之内，摧强敌、克名城而不伤一卒，韦公岂大圣乎，何用兵之如神至此乎？

至于两国划界之事，兵矢交加，则奋马革之心；飞马纵横，却无忍退之意，折冲樽俎，屈敌使于前；纵横捭阖，扬国威于外。

张苏复生，亦自惭于后矣，故后人读史至此，未尝不喟然叹息："安得复起康熙、韦小宝于地下，逐彼狼子野心之罗刹人而复我故土哉！"

身过花间沾湿好，醉于马上往来轻

韦小宝是金庸笔下最有艳福，也是泡妞手段最高明的人物。在他身边，女子无数，在他心中，情感丰富。他虽然只有七个老婆，却享受到了世间所有女子对他的青睐，因为这七个老婆不是"七个人"，而是一个完整的女性世界。

韦小宝在自己心中曾给这几个老婆划分了一下层次，这就来看看其假想与分析。韦小宝曾提出问题："我韦小宝如果自杀，我那七个老婆中不知有几个相陪？"于是他把自己老婆的忠诚度进行了一个合理的划分：

第一层次：双儿一定陪我死。

第二层次：小郡主、曾柔多半陪我死。

第三层次：荃姐姐待我很好。

第四层次：阿珂难说。

第五层次：方怡定会作弊。

第六层次：公主一定不陪我死。

这个分析既能看出七个女子在韦小宝心中所占地位，也能看出她们对韦小宝的感情深厚程度。韦小宝曾自言"浑身是宝"，尤其是克敌四宝，当真是价值连城：

第一宝，匕首锋锐，敌刃必折；

第二宝：宝衣护身，刀枪不入；

第三宝，逃功精妙，追之不及；

第四宝：双儿在侧，对手难敌。

双儿作为韦小宝保命四宝之一，在其心中有着高于他人的特殊地位。从庄家大院的以身相许，到五台山的真情流露；

二、《鹿鼎记》：游戏神通，自在无碍

从罗刹国的生死相随，到通吃岛的舍命相救。双儿这娇小的身躯，承载着深厚的情感力量，她对韦小宝只有四个字——情真意切。

双儿是中国传统女性优秀品质的集大成者，是历来中国人所向往和追求的传统女性的典型代表。即使放在今天，我们读小说，可能会觉得双儿没有什么味道，不如金庸笔下其他的女性角色那样有魅力和个性，但若是让你从其中选一个来居家度日，你会如何选择？

大部分人恐怕依旧会选择双儿，这便是幻想和实际的差别。

双儿是个实实在在的好姑娘，难怪金庸在新修版中更为明显地将双儿的地位提到了一个连阿珂都难以企及的高度，她真正成了韦小宝心中的"第一要紧人儿"。

小郡主沐剑屏是天真纯洁的象征，她甚至有些木讷，也正是因为这种木讷，才使她被韦小宝这种轻浮的滑头所吸引。被当作"茯苓雕花猪"送进宫中的一刻，她便从此而变，新鲜的感觉吸引着她第一次深刻了解这个世界——沐王府以外的真实世界。

也许，韦小宝的油嘴滑舌和她天生就是一种互补，就像郭靖和黄蓉一样，以巧配拙。而且小郡主在很大程度上与小龙女有着相似，她们钟情于那个初次见面的男子，她们都是不通世事的天真姑娘，却有着一股"一旦认定虽死无悔"的韧劲，尽管她是被韦小宝调侃而来的。可是，这并不重要，只要韦小宝真的对她好就够了。

曾柔是温柔斯文的象征。大大的眼睛，圆圆的脸，沉默

寡言，却言必有中。敢于在韦小宝危难时不惧洪教主的淫威，敢于在韦小宝得意时给他当头浇冷水，如果不是真心的付出，又怎会如此的直道而行。

正所谓，美女吹气，有杀无赔。以骰子结交，以骰子定情，有始有终。这赌来的老婆，很是占便宜，韦小宝英雄充了，美人竟也得了。

苏荃是个贤内助，武功、谋略、处事之能俱是不凡。对上，能帮助韦小宝处理内务、解决外困；对下，能镇压建宁公主，团结众女，此等良助对于任何男人都是不可抗拒的。而且最为可贵的是，她只是贤内助，不是女强人，在韦小宝面前，这个曾经杀伐决断的教主夫人变得温柔低调、贤淑柔和，不能不说苏荃才是真正聪明的女子。

因为无论你再有才能，如果喧宾夺主，对丈夫造成了压力，触犯了他的男子汉尊严，那你将会永远得不到想要的爱情。在韦小宝身边，她也只是个"太平日子陪你，不太平也陪你"的小女人而已。

洪教主爱苏荃，苏荃爱韦小宝，其实这都不能说是纯粹的爱，而是一种寄托。苏荃是洪教主的精神寄托和依靠，这里面有着一种孤独老人对美好的向往。而苏荃对韦小宝也有一种寄托，那便是孩子的寄托、爱的寄托。洪教主对于她而言就是一种压迫、一种压抑，她是女人，如花岁月，渴望的便是真正的爱。而这种爱恰巧在她最需要的时候，被韦小宝强行赋予了。从此她把她的一切都寄托在了韦小宝身上，所以她在韦小宝身边的表现和之前的表现判若两人。

二、《鹿鼎记》：游戏神通，自在无碍

阿珂是美貌的象征，也是韦小宝追求女子中最艰辛的一位，那完全是靠磨来的。完全是死缠到底，毫无廉耻可言的。韦小宝初见阿珂时的反应，只能用惊天动地四字来形容了，那是死去活来的煎熬，是"虽千万人吾娶你"的决绝，这种情况恐怕只有段誉可与之匹敌。

段誉对王语嫣的情感和韦小宝对阿珂的情感如出一辙，只不过追求方式不同而已。段誉是君子，所以他只能在心中自我煎熬，韦小宝不是君子，所以他能海角天涯般地死缠烂打。

前者爱而痴，后者爱而狂，其实都是一种魔怔，都是一种初尝爱情的朦胧和迷茫。就像阿珂起初那样深爱着郑克塽，最后连她自己也是莫名其妙，怎么会爱上那样一个纨绔子弟？就像段誉那样追求王语嫣，最后发现其实感情没有那么浓。

韦小宝最后的感觉也是如此，而阿珂对于韦小宝从起初的咬牙切齿，到后来有些生疏的亲近，恐怕还是因为孩子，而不是有多么深的爱。

方怡代表的是机巧欺骗，自古及今，女人常常和欺骗联系在一起，而欺骗的对象则是男人，这似乎已经成为一个男人成长道路上不可缺少的一环。对于韦小宝也不例外，在方怡身上，他体会到了所有男子应该体会到的东西，骂过、打过、骗过、想过、恨过，这通过交易而来的感情让他痛苦，这初恋美妙的情趣又让他快乐。

既然你愿意随我"天涯海角喝毒药"，那我就成全你。微嗔、微笑、吃醋、吃瘪、欲迎还拒、真真假假，即使狡猾如韦小宝，还是甘之如饴地喝下这盆洗脚水。

建宁公主是身份地位的象征，韦小宝和她的感情是相互折磨来的，在她身上也体现了出一种夫妻间小打小闹的情怀。建宁身上有一股病态的对快感的追求和压抑下扭曲的心理。她喜欢折磨人，也喜欢被人折磨，前者是玩腻了，后者是玩个新鲜，最后就导致了"诸葛亮要烧就烧，藤甲兵不得多言"的闹剧。至于谁是诸葛亮，谁是藤甲兵，就让她的荃姐姐告诉她吧。

正所谓，一物降一物，以后在苏荃的威势下，她恐怕再也不能放肆了，虽然她是名义上的正妻。

君王旧迹今人赏，转见千秋万古情

君王，永远是令人感兴趣的谈资。秦皇汉武，唐宗宋祖，正史论的太多，要真拿今天的主人公和他们品评比较，这是非功过，实在难以定论。索性抛开沉重的历史，来瞧瞧金庸笔下的康熙爷。

他是幸运的，不管怎么说，小桂子也只是个民间混混，小玄子实在高得太多，他是君王嘛。天下万民，百兆苍生也就这么一位皇帝，何其幸也。出身高贵，没有储位之争；少年登基，正逢有为之时。比起起兵于白山黑水的祖先，比起一生陷于满汉之争的父亲，他实在是幸运多了。虽说南明尚在，已是纤芥之疾；三藩之乱，尚在萌芽之中。父祖为他奠定下的基业，似乎只要守成持重，不出大乱子，就足以享用一生，传之后世。

二、《鹿鼎记》：游戏神通，自在无碍

他又是不幸的，父亲是一位痴情天子，可天子注定是不能痴情的。把天大的担子扔给一个八岁的孩子，何其不幸。我们无从想象其中的压力，从五台山康熙和顺治的对话中，我们不难看出个中辛酸，若说他不爱权力是假的，但看他敦请父皇回宫，归还大政的言语，透露的确是真情。面对父亲对责任的抛弃，面对鳌拜的专横、吴三桂的骄狂、郑经的小心思、天地会的野心，他都没有退缩过，但没有退缩过，不等于真的没有怕过。血肉之躯，父母所生，即便是所谓的九五之尊，谁又能没有过恐惧，没有过辛酸与无奈呢？小桂子至死不肯相助天地会加害康熙，恐怕不仅仅是出于友情。即便是不学无术如韦小宝者，朝夕相处，也多少能体会这位少年天子的不易。

他是英明的，在大是大非上，从未含糊其词。虽然他和同龄孩童一样不乏天真烂漫，但少年老成，对待鳌拜的轻蔑、吴三桂的试探，自始至终保持着十二分的警醒。他信任韦小宝，但不盲目，他让韦小宝做事，是由小及大，从布置已久的抓捕，胸有成竹的刺杀开始，到刺探藩地情况，保护老皇爷，乃至以后剿乱党等是一步步放手去做。疑人不用，用人不疑，发挥得淋漓尽致。康熙的理智和韦小宝的现实，在某种程度来说有异曲同工之妙，但本质上又绝不相同。韦小宝过多的立足生存，而康熙在生存的基础上还有是非。

他又是残酷的，伴君如伴虎这句话从来就没错过。从他跟小桂子开始交往的那天起，他就动了利用之心。在摔跤之余，不经意之间透露出对权臣把持朝政的不满，利用韦小宝从市

井中带来的那点江湖忠义而博取同情,再到一次次派韦小宝去出生入死。我不怀疑康熙对韦小宝是有真挚的友情,而且感情很深。但这也无法改变韦小宝自始至终都是康熙手中一枚棋子的事实。君王未可信,这话看似偏激,可在千百年来屡试不爽。即便是生死之交,即便患难与共,都改变不了主子与奴才的分别,更无法消除红墙碧瓦与山野江湖的隔阂。

随着一代帝王的成熟,也注定他要像中国历史上其他的君主一样,有君主的威严和残酷。在君主的生活里,注定是不能允许一个像韦小宝这样的市侩存在的。韦小宝是不愿意变成朝堂诸公那副样子的,可君主更不容变,所以说,他们的友谊,一开始就意味着结束。最后,康熙的一声"你去吧"蕴含了多少无奈和痛楚,他知道,这一去,他将失去这世间唯一的朋友;这一去,人生的无奈寂寞已经成为定局。但这一去是必须的,也是不可避免的。帝王,本来就没资格永远拥有一个知心朋友;帝王,终究要独自面临黑暗与寂寞,无奈和凄凉。

韦小宝不是英雄,充其量是个有药可救的无赖;康熙也不是神仙降世,而是一个有血有肉、有理想抱负的君王。鹿鼎记,不是庙堂,不是江湖;既是庙堂,也是江湖。小玄子与小桂子相识相知的一生,大概也正反映了中华几千年来,帝王世界与庶民文化的交合与碰撞。

二、《鹿鼎记》：游戏神通，自在无碍

岁暮穷阴耿未已，人生会面难再得

要问韦小宝何许人也？

金庸说："他是天不怕地不怕的惫懒人物。"

韦小宝自己说："好是不太好，坏也不算太坏。"

我只能正襟危坐，严肃答道："韦公，真乃神人也。从所未见也，闻所未闻也。"

韦小宝的人物形象我是想不出更好的概括方式，只能借用电视剧《鹿鼎记》的主题曲《天意如此》[①]来概括了：

出身卑微　但不卑贱

生于妓院之中，长于妓女之手，游于龟奴之间，却敢坐龙椅之上，大有一种"王侯将相宁有种乎"的豪气。

天生胆小　但不宵小

命为贵，遇难则退，义亦贵，决不妥协。

我不爱读书　但从不认输

他认识我，我不认识他，写不出韦小宝三字，却可画出韦小宝三字；羚羊挂角，仙鹤梳翎，争强好胜，不胜不休。死缠烂打，坑蒙拐骗，是我的一定是我的，不是我的也得是我的。

我不想学武　但短袖善舞

于武学一道，韦小宝的准则是：你马马虎虎教，我含含糊糊学。

于做官一道，韦小宝是天赋奇才：懂得什么该记得，什么该忘记。

---

① 《天意如此》：2014年内地华策版《鹿鼎记》的主题歌，作曲：林海、范炜，作词：沈永峰，演唱：和汇慧。

我虽不专一　但不抛弃

有妻七人，爱我恨我，骗我坑我，依旧不离不弃。

我缺少豪气　但讲义气

小丈夫何来豪气，大丈夫义气为先。

我不是英雄　但谁是英雄

不是英雄，又怎会见义勇为，锄强扶弱；又怎么会"一言既出，什么马都难追"；又怎能金戈运启，擒拿鳌拜。

我不是天命　但这是天意

做不了至尊宝，做得了天牌宝；不是天子，却是福将。

千里姻缘一绳子

老婆来自五湖四海。

发霉学问一肚子

智慧源于听戏听书。

酒肉朋友一桌子

朋友生于吃喝嫖赌。

兄弟姐妹一家子

亲人出于真心诚意。

"对皇上是忠,对朋友是义,对母亲是孝,对妻子是爱"，原来韦小宝如此忠义双全，原来韦小宝如此情真意切。

在韦小宝的身上，读者很难感动，似乎这个表里不如一的韦爵爷从没有付出过真感情。实则不然，在韦小宝的情感世界里，有太多的真感情了。就拿他对康熙的友情来说，他不懂得什么是忠君，他为康熙办事完全是出于朋友的义气，当康熙派人到通吃岛寻找他时，韦小宝的反应很令人动容，如果这一幕在银幕上出现，也会感动不少观众，可惜没有人注重这精彩的一幕——

他平日十分怕鬼，这时却说什么也要和小玄子会上一面，当下发足飞奔，直向声音来处奔去，叫道："小玄子，你别走，小桂子在这里！"满地冰雪，滑溜异常，他连摔了两个跟头，爬起来又跑。

仅此一个细节就足见韦小宝对康熙友情之深。左右两难，终究是一句"老子不干了"，从此小桂子和小玄子便是"人生会面难再得"。

其实，小宝一生本领，全在于一个"赌"字。他天性好赌，事事离不开赌，连做梦都在赌，且不管梦里梦外，他的对手都是大人物，梦外他的赌友有康熙皇帝、天地会总舵主、神龙教主、神尼九难等，梦中赌友则是纣王、猪八戒、张飞、李逵等人。

人生就像赌局，若是贪得无厌，不懂见好就收，终究难逃李逵那一拳。韦小宝最终被迫置身于赌局之外，自身成了众位妻子的赌注，虽有温柔之福，却再无赌博之乐。

仔细想来，这就是因祸得福了，在赌局上没有人可以常胜不败，人生也是如此，只要你及时收手，那就算得上是常胜不败了。

一部滑稽的小说，一个无知的混混，偏偏讲出了些许世间最深刻的问题，这就是《鹿鼎记》，这就是韦小宝，这就是金庸先生登峰造极的"武学"。《鹿鼎记》的完成和问世，金庸先生在武侠小说的成就上也算得上是"大功告成"了。

三、《笑傲江湖》：唯大英雄能本色，是真名士自风流

"燕赵多奇士，正始出风流"，武侠界的风流就出自《笑傲江湖》。这本书的行文风格就如主人公令狐冲的性情一样——洒脱不羁爱自由。

令狐冲兼具侠气和调皮于一身，就如温瑞安所言，他是介于韦小宝和郭靖之间的人物。而文章的风格也是如此，时而庄重，时而轻快，时而悲痛，时而跳脱，有时令人潸然涕下，有时令人忍俊不禁，有时令人心生波澜，有时令人神游天际。

全书回目都是两个字，表面看起来似乎没什么了不起，不如《天龙八部》回目的琅琅上口。但仔细观察就会发现，这和被鲁迅先生称为名士教科书的《世说新语》异曲同工，而"伤逝"一回目更是两书兼而有之。令狐冲虽说不是真正的名士，但却是地地道道的隐士，魏晋玄风本就是在老庄的基础上发展而成的，隐士，有时就是名士。

三、《笑傲江湖》：唯大英雄能本色，是真名士自风流

在我看来，《笑傲江湖》是隐士的教科书，令狐冲更是先天的隐士。一颗淡然超洁之心，一种宁静致远之气，什么时候都是受用的，在名利喧嚣的今天更为可贵。

1. 逍遥

"一语天然万古新，豪华落尽见真淳。"用隐士的诗来形容隐士，最合适不过了。天然纯真，淡泊明志，品格高洁，傲骨嶙峋，这始终是隐士的品格。从诗经《考槃》到陶谢山水田园，从儒家"乘桴浮于海"到道家"道隐无名"，无不渗透着隐士文化的深刻内涵。

事实上，大部分隐士并不是逃避社会责任的化外之人，从一定程度上来说，隐士有着积极作用。不要以为庄子"曳尾于涂中"，就不理国家大事了。庄子在书中不止一次地谈到"为天下"，尤其是在《应帝王》中，他愿意"一以己为马，一以己为牛"，然后"顺物自然而无容私，则天下治矣"。

所以说，道家不是不治天下，而是与儒家治理之法不同罢了。

"达则兼济天下，穷则独善其身。"孟夫子这句话道出了千百年来仁人志士的理想。通达了，有权了，目的是为天下百姓谋福利，是要服务大众，而不是满足自己的私欲与野心。这是入世的积极意义，也是一个人价值的最大化。穷困了，无所依靠了，那就修身心，扬正气，这也可以说是为社会做贡献。由此观之，古代的士以及隐士，都承担着重要的职责，

只不过士是经意的,而隐士是不经意的。

隐士可以分为几类,从派别上分为儒家的隐士,道家的隐士。所谓儒家之隐士,那就是"知其不可为而为之"。这句话影响了中国几千年,也造就了许多志士。像孔子和诸葛亮这样的人,即使他们最终的理想没有实现,却有着一种震撼人心的悲壮力量。所以儒家没有遁世的隐士,只有入世的隐士。无论是隐于朝还是隐于市或是隐于野,他们都为国为民。

所谓道家之隐士,是"知不可奈何而安之若命"。他们无功、无己、无名,"不屈其志,激清风于来世"。道家隐士一般都是潇洒自适的,或采菊东篱,或清流赋诗,或登高舒啸,或目送归鸿。

还有一种分类,就是在后记中金庸所说的:天生的隐士与后天的隐士。令狐冲是前者,风清扬是后者。后天的隐士自然是"穷则独善其身"的代表,他们在经历了这个尘世的打击摧残后,心灰意冷,遂而归隐,这是一种悲哀,也是一种无奈。

其实,所谓天生的隐士,无非是更加热切追求个性解放和自由自在罢了,没有人愿意终生孤老山林,无论是何种隐士,都是"隐,故不自隐"。

真正的隐士自然是没有权力欲的,所谓是"天下不能淫,大众不能移"。正如金庸所说:"企图刻画中国三千多年来政治生活中的若干普遍现象。影射性的小说并无多大意义,政治情况很快就会改变,只有刻画人性,才有较长期的价值。不顾一切地夺取权力,是古今中外政治生活的基本情况,过去几千年是这样，今后几千年恐怕仍会是这样。"

权力就是这样，政治就是这样，只有隐士才是异样的。

隐士的世界，流觞曲水高歌，举杯邀月对饮。策扶老而历遍江山，望白云而神游物外。不汲汲于名利，无惴惴之不安，琴书自娱，乐而忘忧。隐士的江湖，尔虞我诈却磊落不变，刀光剑影而挥洒自如。琴瑟在御，终成神仙眷侣；琴箫合奏，携手笑傲江湖。

逍遥是一种境界，对于我们来说，是一种有为境界。这个社会是关系社会，没有哪个人可以超然物外。一个人的行为既会受到别人影响，也会影响到别人。"非彼无我"，谁能置身事外？就拿令狐冲来说，小时候受到师父师娘的约束，长大后受到小师妹的束缚，再后来受到江湖的束缚，最后受到娇妻任盈盈的束缚。约束是必须有的，约束与逍遥并不矛盾。正如乐广所说："礼教之中自有乐地。"在有为境界中，只要没有不当的欲求，就不会受到不当的管束，那便是逍遥自在了。

本书结束时，盈盈伸手扣住令狐冲的手腕，叹道："想不到我任盈盈竟也终身和一只大马猴锁在一起，再也不分开了。"盈盈的爱情得到圆满，她是心满意足的，令狐冲的自由却又被锁住了。或许，只有在仪琳的片面爱情之中，他的个性才极少受到拘束。

自由是什么，逍遥是什么，任何绝对的事物都不是无懈可击的。追求自由逍遥，自当形随意而为，又何须如此放不开，非要追寻那完全独立的自由？殊不知当你追求完全独立的自

101

由时，你已失去了自由。令狐冲本是一个潇洒不羁的人，只可惜对于权威还有些畏惧，对于岳灵珊还不能看得开，使他变得婆婆妈妈，使他的隐士风度大大降低，直到大车之上与盈盈共处之后，才真正成了一个逍遥的人，才真正是令狐冲。

"逍遥"便是《笑傲江湖曲》所表现出的道理，书中结尾说，令狐中一个人演奏，要高就高，要低就低，然而与盈盈合奏，便不能任意放纵。但在绿竹巷中，令狐冲说，曲刘合奏的曲子要比盈盈一人奏得更精彩，这便是"有为"胜"无为"了。琴箫合奏的人生，才是最精彩的人生，绝气负天北溟心，翱翔闲游蓬蒿人，真隐士，自风流！

对于《笑傲江湖》这本书来说，周国平的一句话当是恰当之极：强者的无情是统治欲，弱者的无情是复仇欲，两者都没有脱离人生的范畴。而在下为此添了一句话：还有第三种无情，淡泊明志，无欲无争，这是出世者的大无情，也是出世者的大有情。

《笑傲江湖》是隐士的教科书，它揭示了正派的虚伪，褒扬了邪派的真情，这部书适用于任何时代，也适用于任何领域。何为正、何为邪，不是靠嘴说，是要靠实际行动来证明。小说行云流水，天然雕成，热闹处，精彩绝伦；悲伤处，泪沾襟；欢快处，忍俊不禁；厚重处，庄严深刻，实为武侠巅峰之作。

2. 天籁

子谓《韶》:"尽美矣,又尽善也。"尽管尽善尽美,不过是"人籁",庄子道:"闻人籁而未闻地籁,闻地籁而未闻天籁。"天籁未必如庄子所说"必发于自然",人亦可为。是天籁还是人籁,关键在于心境。磅礴万物以为一,通达天地以为和,和合万物,曲尽自然,便称得上是天籁了。

《笑傲江湖曲》在书中虽只出现四次,但每一次都至关重要。这首曲是全书一大线索,授谱—传琴—伤逝—曲谐,既是令狐冲学曲的过程,也是他和盈盈爱情发展的见证,还是全书情节发展的暗示。

荒郊外,瀑布旁,流水潺潺。掩不住,天籁音。交友至今贵知心,高山流水,谁闻琴音。

待得清风送流水,生死相随,此生又何求。刘正风和曲洋合奏《笑傲江湖曲》正是正邪双方的初次相交,两人因音乐惺惺相惜,因音乐同生共死。听到这千古绝唱,令狐冲为什么会莫名其妙地感到一阵酸楚,仪琳又为什么泪水涔涔而下,只因音乐"入人也深,化人也速",荀卿之言妙哉!

忽听瑶琴中突然发出锵锵之音,似有杀伐之意,但箫声仍是温雅婉转。

可见这时的《笑傲江湖曲》仍未臻化境,仍受人的心理影响,曲洋救友未成,心有遗憾,痛恨嵩山弟子心狠手辣。但有琴心,方有琴意,百年之后,尽归尘土。世上已有过了这一曲,你我已奏过了这一曲,人生于世,夫复何恨?这是令狐冲第一次接触到魔教中人,也是我们第一次接触魔教中人，我想大家一定都想说，魔教众人未必坏，正教中人未必好。曲洋和费彬就是一个很好的例子。

正是曲谱导致后来的种种误会，致使岳灵珊对令狐冲心存芥蒂，令狐冲在乐声的撩拨下已隐隐觉得自己与小师妹不会有好结果。两人性格实在不同，若一方一味妥协，必有决堤的一天。而仪琳的泪水正是她内心对令狐冲可遇而不可求的伤悲。可以说，从"授谱"那一刻开始，小说才真正开始，主人公才真正出现。前几回都是借别人之口来刻画令狐冲的，此曲一出，自是道家风韵，人生至理随之而起，至此，方显小说内涵，作者功力。

再看"学琴"一章，实为本书高潮。在这一章中，不仅女主角任盈盈出现了，而且是承前启后一大转折。从任盈盈"将断了的琴弦换去，又调了调弦，便奏了起来"，直到后来令狐冲的"呆呆不动"以及进入竹舍相谈，便将令狐冲的一生改变了，也是令狐冲后来发展的脉络。换弦是一个人生新的开始，破旧立新；调弦实为冲盈二人以后于磨难中不断增进感情，逐渐了解对方；最后弹了起来则是二人曲谐共白头。

任盈盈用琴音抚慰了令狐冲心中之伤，将心寓于琴箫之中，用己心去理解彼心，是任盈盈拯救了令狐冲。而令狐冲也用他的真情感化了任盈盈，化去她心中的戾气。有冲有盈，相得益彰，至此读者必大畅其怀。此时的令狐冲听到的曲调又上升了一个档次——"平和中正"。

任盈盈有言"各有因缘莫羡人"，何以令狐冲初次见面，便对婆婆心生亲近之感？可能就是《笑傲江湖曲》的神效吧。若隐若现，忽远忽近，人生无常，机缘难再。令狐冲此时的心固然是伤心落寞，而任盈盈呢，我想她的心也是寂寞孤单的，从她的感叹之中，不难发现她那心中的一丝落寞伤感，因为她承受得太多，已厌倦现在的生活，却找不到一个好的归宿来摆脱这种境遇。因此只能一人吹箫独抚琴，寂寞如斯。而令狐冲却是她的知音，又有学习《笑傲江湖曲》的意愿，怎能令她不喜？

绿竹翁道："姑姑，令狐兄弟今日初学，但弹奏这曲《碧霄吟》，琴中意象已比侄儿为高。琴为心声，想是因他胸襟豁达之故。"

这就充分体现了陶潜的那句"但识琴中趣，何劳弦上音"，音乐一道重在心胸气象。

侠士虽死，豪气长存，花开花落，年年有侠士侠女笑傲江湖。人间侠气不绝，因此后段音乐便繁花似锦。

这便是任盈盈的心胸夙愿，但此时的任盈盈与令狐冲一样，都有放不开的人，因此仍未臻化境。

这是正邪双方再次相会，而令狐冲渐进"魔道"，人生无常，机缘难在，道意渐深矣。

"伤逝"一回便是令狐冲与盈盈的进一步融合，在令狐冲心里，终于明白了，只有盈盈才是对他真正好的人。刹那之间，令狐冲心中充满了幸福之感，知道自己为岳灵珊惨死而晕了过去，盈盈将自己救到这山洞中，心中突然又是一阵难过，但逐渐逐渐，从盈盈的眼神中感到了无比温馨。两人脉脉相对，良久无语。令狐冲终究能放下了岳灵珊，从此心中便只有一个盈盈。这时的二人亦可以合奏《笑傲江湖曲》了，虽不能完全合拍，但已有意境，两人的爱情已接近圆成。

最后"曲谐"，万事谐，千秋万载，永为夫妇，书也到了尾声，两人终于可以携手笑傲江湖了。《笑傲江湖曲》正如冲盈之恋，已臻化境。

两人所奏的正是那《笑傲江湖》之曲。这三年中，令狐冲得盈盈指点，精研琴理，已将这首曲子奏得颇具神韵……又想刘曲二人合撰此曲，原有弭教派之别、消积年之仇的深意，此刻夫妇合奏，终于完偿了刘曲两位前辈的心愿。想到此处，琴箫奏得更是和谐。

全书至此圆成，正邪圆成，爱情圆成，曲调圆成，心愿圆成。

3. 心魔

雪恨——林平之

林平之与游坦之一样，都是由仇恨培养起来的，虽然名字里带有"平坦"二字，但事实上却命运坎坷，一点也不平坦。两人有太多相同之处，比如都是世家公子，都不幸家破人亡，最后都步入歧途。不同的是，游坦之杀身以为爱，林平之杀爱以为身。

世事如棋局局新，正如林震南所说："世上的好事坏事都突如其来。"原本锦衣玉食的林平之却突遭横祸，家毁人亡。林平之虽是一个娇生惯养的纨绔子弟，但也颇具侠气，懂得见义勇为。相比之下，同样是娇生惯养的余大少爷则纯属一流氓地痞，丝毫无名家子弟风范，由此可见——青城派枉为侠义道。

林平之在前期有许多优秀品质，比如傲气、侠气、仁心、坚韧、勇敢、忍耐。最后林平之堕入魔道，虽由仇恨造成，也有辟邪剑谱的原因。他对家传剑谱实在太向往崇拜了，即使他学会别的可以杀死余沧海的武功，我想他也还是会去学辟邪剑谱的。

心下又想："我此刻偷偷摸摸的杀此二人，岂是英雄好汉的行径？他日我练成了家传武功，再来诛灭青城群贼，方是大丈夫所为。"

可见林平之后来发展与其要强的性格大有关联。自己也说道，只有用家传武功杀死仇人，才算真正报了仇。

其实，岳不群和林平之简直太像了，这连岳灵珊都看出来了。

岳灵珊冷笑一声，道："偏你便有这许多做作！疑心便疑心，不疑心便不疑心，换作是我，早就当面去问大师哥了。"她顿了一顿，又道："你的脾气和爹爹倒也真像，两人心中都对大师哥犯疑，猜想他暗中拿了你家的剑谱……"

两人太像了，发展的轨道也比较像，外表似君子，内心怀狡计，本可为君子，不慎堕魔道。

林平之一生受过三次重大打击，这使他逐渐步入歧途。第一次是余沧海将福威镖局灭门，彻底改变了他的一生；第二次是木高峰的逼迫威胁，使他懂得了世间人情冷暖；最大的打击是当他发现岳不群奸谋时的愤怒与绝望。当年令他"双膝一屈，跪倒在地"的君子剑，竟是如此小人！这彻底摧毁了他的心理防线，令他偏激地认为世上再无真心之人，人人皆是伪君子。

于是他开始憎恨，憎恨余沧海，憎恨岳不群，也憎恨令狐冲。他以牙还牙，灭了青城派，痛杀岳灵珊，围歼岳不群，甚至想置令狐冲于死地。他的恨发展膨胀起来了，一发而不可收。

在五岳剑派比剑一节中，林平之曾说过这样一句话："泰山派武功博大精深，岂是你这等认贼作父、戕害同门的不肖之人所能领略的。"这是他对泰山派前辈说的话。可其中大有弦外之音：认贼作父指的是令狐冲，戕害同门指的是岳不群。他将令狐冲与岳不群并提，可见恨之深。

当然他最恨令狐冲的原因恐怕是妒忌，妒忌令狐冲从一个无名小卒成为名满天下的大侠，妒忌他对岳灵珊始终不忘的爱。林平之是爱岳灵珊的，只可惜恨屋及乌，仇恨蔽眼，将岳灵珊看作是利用自己、算计自己的人。在他心中也会有爱与恨的交战，只不过恨的势力太大了，因此他亲手杀了岳灵珊。

渡劫——仪琳

温瑞安说，仪琳是白衣大士的化身。这话不错，但她是个惹尘缘的白衣大士。仪琳一出场就给人一种圣洁的感觉，清秀绝俗，容色照人，明珠美玉，纯净无瑕，连向来以小人之心度君子之腹的余沧海都被她的圣洁所感。

而她与令狐冲的相遇，恐怕也只有用"缘"来形容了。她对令狐冲的感觉，不是救命恩人那么简单，而是心仪、尊敬甚至崇拜。她对令狐冲的信任就像香香公主对陈家洛的信任一样，都是那么的坚定不渝。仪琳是个外和内刚的人，心热而情衷。

仪琳道："不，他说从未见过我。令狐大哥决不会对我撒谎，他决计不会！"这几句话说得十分果决，声音虽然温柔，却大有斩钉截铁之意。众人为她一股纯洁的坚信之意所动，无不深信。

这几句话充分体现了她对令狐冲的信任与痴迷。当她讲到令狐冲被罗人杰杀死后，全场"一时之间，花厅上寂静无声"。大家既被令狐冲的侠义精神所感，也为仪琳的痛苦悲痛所感，以至于全场无声。

仪琳与令狐冲的交流是心的交流，她对令狐冲的感觉是奇妙的，令人无法解释，只能归结到缘分上来。当她认为令狐冲已经死了的时候，她的感受是——

心中十分平静安定，甚至有一点儿欢喜，倒似乎是在打坐做功课一般，心中什么也不想，似乎只盼一辈子抱着他的身子，在一个人也没有的道上随意行走，永远无止无休。

她对令狐冲已经到了生死以之的地步，这是一种心灵上的境界，已经超越了恋爱的范围，而至情的化境，当真感天动地。

当曲非烟建议仪琳不做尼姑的时候，仪琳的反应极其特别——"仪琳不禁愕然,退了一步。"其心底早有此念,但却是朦朦胧胧,受佛念压制的。一旦喷吐而出,怎能不惊?信仰与真爱的较量,不容她选择,因此,她最好的归宿莫过于替令狐冲而死,她宁愿下十八层地狱来换取令狐冲的生,这对于一个出家人来说,需要的不仅是勇气,更是大无畏的精神,要知道,信仰是最难打破的。

她与令狐冲躲在妓院之中,仿佛这个世界只有令狐冲,这正是她心理的写照,说明了她的心里是令狐冲一人的世界。当令狐冲让她摘瓜时,她踌躇了,欲摘又止,这是她心中信仰与情爱的交战,最后情爱一时战胜了信仰,瓜蒂断了,情却难断。当仪琳会错意令狐冲的赞美后所流露出的心理也颇有意思,只是这时的羞惭中微含失望,和先前又是忸怩、又是暗喜的心情却颇有不同了。

她喜欢令狐冲的赞美,因为她爱令狐冲,她还会忸怩,那是她还有信仰。这是一个矛盾,一个心理的斗争。两人在瀑布旁说了几句大有禅意的话——

令狐冲道:"我只道这里风景好,但到得瀑布旁边,反而瞧不见那彩虹了。"仪琳道:"瀑布有瀑布的好看,彩虹有彩虹的好看。"令狐冲点了点头,道:"你说得不错,世上哪有十全十美之事。一个人千辛万苦的去寻求一件物事,等得到了手,也不过如此,而本来拿在手中的物事,却反而抛掉了。"

有些事物只可远观,不能近玩,到了近处反而不美。而仪琳的话中之意,是小师妹有小师妹的好,仪琳有仪琳的好,之后的盈盈有盈盈的好；令狐冲说的话则是岳不群和岳灵珊父女的发展轨道。仪琳对令狐冲的关爱终于让令狐冲感觉到了她的一片苦心，小师妹从没如此关怀过他，师父师娘责骂多、慈爱少，只有眼前这个仪琳小师妹才愿承受世间苦，让自己平安喜乐。

令狐冲不由得胸口热血上涌，眼中望出来，这小尼姑似乎全身隐隐发出圣洁的光辉。仪琳诵经的声音越来越柔和，在她眼前，似乎真有一个手持杨枝、遍洒甘露、救苦救难的白衣大士，每一句"南无观世音菩萨"都是在向菩萨为令狐冲虔诚祈求。令狐冲心中既感激，又安慰，在那温柔虔诚地念佛声中入了睡乡。

仪琳是白衣观音的化身，她抚平了令狐冲心灵的创伤。仪琳因于对令狐冲不可能的爱，令狐冲因于对岳灵珊难以挽回的爱。仪琳解不脱，令狐冲也解不脱，虽能悟道，难于行道，既是如此，何须执着？仪琳对令狐冲的叫爱，岳灵珊从未爱过令狐冲，仅仅是哭一哭，这种眼泪又怎能与仪琳的"一心为他好"相提并论呢？

书中有一段描写，借令狐冲之眼看出仪琳没半分人间烟火气，但却有人间烟火心，她之所以纯洁，是因为她的人间烟火心是纯洁的心、无暇的心、远超世俗的心。

当令狐冲比剑受伤后，数千对眼睛注视着左岳二人的比拼，只有一双眼睛注视着令狐冲，那就是仪琳。

观音妙智力，解救世间苦。含情脉脉的眼光，温柔秀丽的容貌，终于让令狐冲心生柔情和感激，令他知道了，这个世上除了盈盈外还有一个人也是关心他的。令狐冲对别人对他感情的体会始终是不深刻的，总是直到最后才领略到真谛，同样也是最后才懂得仪琳对他的心。情致缠绵、刻骨相思、惊心动魄、荡气回肠……用这些词语来描写爱情，当真体现出这爱情的伟大，感动了令狐冲，也感动了读者。虽然是单方面的爱情，却依旧感天动地，爱一个人就要他好，这就够了。

苦情——岳灵珊

在这部小说中我最讨厌的女性角色是岳灵珊，最同情的女性角色也是岳灵珊。讨厌她是因为，令狐冲差点让她给毁了，潇洒放荡的令狐冲因有了她而深受约束，始终放不开、看不破。同情她是因为，岳灵珊最后竟被自己最爱的人所杀，一切付出毁于一旦，命也太苦。

岳灵珊不是薄情，而是对令狐冲无情，她对令狐冲的是兄妹之情、玩伴之情，是少女朦胧未知的一时冲动，这种冲动会随着时间而渐渐消失。仅仅是崖上半年，岳灵珊就移情别恋，不对，也不算移情别恋，而是找到了真爱。人们都说，处在恋爱中的少女都是傻的，不能理性地辨别是非，岳灵珊在这阶段对令狐冲产生了种种误会，正是她已沉浸爱情的写照。

岳灵珊已经找到了目标，而令狐冲还在迷惘中不能自拔。一首福建山歌唱出了岳灵珊心中的喜悦，也唱出了令狐冲心中的凄凉。岳灵珊与林平之起初应该是有真爱的，只不过林平之心高气傲，不想让别人说他是靠岳灵珊而得师父、师母看中罢了，所以有时故意装出一副冷淡的样子。

令狐冲实际并不像个太潇洒的人，他在小师妹面前泯灭了自己的真性——

令狐冲心中一喜，火光中却见她一只纤纤素手垂在身边，竟是和一只男子的手相握，一瞥眼间，那男子正是林平之。令狐冲胸口一酸，更无斗志，当下便想抛下长剑，听由宰割。

如此放不开，真真迂腐，读射雕时觉得郭靖有时太迂腐，读笑傲江湖时，才发现令狐冲之迂腐更胜于郭靖，不想情丝难断，困人至此！当平一指感叹令狐冲能将生死置之度外之时，我替令狐冲汗颜，他并不是真正看破生死，以大无畏精神面对死亡，而是因心灰意懒、情场失意而轻生，境界天壤之别，令人惋惜。

当令狐冲在福州向阳巷外听到二人调笑之声后，真是悲从中来不可断绝，浑不知自己是生是死。令狐冲竟然想到为岳灵珊可以去干十恶不赦的坏事，简直堕入了魔道，这种痴与段誉对王语嫣的痴堪称双璧。可怜令狐冲满腔痴恋换来的是猜疑记恨，一句"你若不卑鄙无耻，天下就没有卑鄙无耻之人了"伤透了令狐冲的心，也伤透了读者的心。

在小师妹面前，令狐冲是一个呆木头，这是他压抑了本性；在盈盈面前，他立刻聪明起来，真情流露，据此便可知谁是佳偶了。

最后岳灵珊临死仍唱出福建山歌，还叫令狐冲照料林平之，用情至深令人慨叹，非是薄情命太苦，可怜红颜惹人哭。

林平之和岳灵珊当真是孽缘，林平之因她而家破人亡，最后也使她家破人亡。

4. 煮酒

"龙能大能小，能升能隐；大则兴云吐雾，小则隐介藏形；升则飞腾于宇宙之间，隐则潜伏于波涛之内。方今春深，龙乘时变化，犹人得志而纵横四海。龙之为物，可比世之英雄。夫英雄者，胸怀大志，腹有良谋，有包藏宇宙之机，吞吐天地之志者也。"

——《三国演义·煮酒论英雄》

问江湖，谁是英雄，直教人心向神往。

且看任我行在少林寺中的高谈阔论，这是对江湖人物的一次品评，不仅说出了他心中的英雄，也道出了读者心中的英雄。任我行说出了他的"三个半佩服，三个半不佩服"理论，称得上见解新颖，趣味横生，只可惜任先生没有说完，着实有些遗憾。

不过在此之前，我们先来看看大发议论的任先生究竟是何许人也？因为只有了解任我行其人其行，才能知道他品评天下英雄的标准。

任我行，行惊世骇俗之事，做惊天动地之人，是一个了不起的政治家。

曾自言"生平快意恩仇，杀人无数，囚居于此，应有之报"，此足见其胸襟气度；

迈步向前，双手一推，山崩地裂，足见其威势雄壮；论武功之善恶，发古今之奇谈，足见其才思过人；湖底囚居，名利之心愈热，足见其逐鹜之心；少林大战，拦着披靡，智斗方证，足见其智略。

可怜任我行一代雄豪却难过权力关，真是：问世间，权为何物，直教人生死相许！

三个半佩服的人

东方不败

东方不败是书中公认的武功天下第一，正教人士对他畏惧三分，甚至不敢直呼其名，为了壮自己胆气，将之称为"东方必败"。

从见识才能来说，连任我行、令狐冲也不得不服。就看黑木崖的布置，三道铁门盘查，居高临下示威，巨大牌楼起敬，执戟武士排列，寒枪前后交映，心中大有学问，岂是草莽英雄？威势如此，堪比皇帝。软禁了任我行，却加倍重视任盈盈，做得毫无痕迹，可见心机之深；仅凭杨莲亭一句话，就判断出来者是任我行，可见智虑之远。

从政治功业来说，他不是一个善始善终的政治家，是唐明皇式的人物。前期有雄心、有大志，想要"千秋万载，一统江湖"，日月神教也蒸蒸日上。可惜后期由于贪恋"男色"杨莲亭而不理政务，导致事业没落。

从利害恩仇来说，东方不败的腐化是一件好事，虽然日月神教衰落了，但对整个武林来说却是一件幸事，避免了武林的腥风血雨，使武林暂获安宁。当任我行复出后，武林反而不得安宁了。

从胸襟情怀来说，东方不败是个了不起的人。他欣赏令狐冲的剑法胆识，对令狐冲的讽刺讥嘲报之一笑，甚至还赞美任我行、令狐冲这种要取自己性命的仇敌，足见胸襟气魄。他将任我行困而不杀，对盈盈着意照顾，对童百熊尚不忘恩，不愧为一代怪杰。

从情感世界来说，那真是令人咋舌。院中红梅绿竹，青松翠柏，鸳鸯悠游，白鹤遨游，玫瑰竞研，娇丽无俦；房内花团锦簇，浓香扑鼻，红衫发髻，棚架绣花。东方不败也是一个情种，直到临死还记挂着杨莲亭。我倒是觉得"变态"之后的东方不败才是最幸福、最满足的，且看他的独白——

东方不败叹了口气，说道："我初当教主，那可意气风发了，说什么文成武德，中兴圣教，当真是不要脸的胡吹法螺。直到后来修习《葵花宝典》，才慢慢悟到了人生妙谛。其后勤修内功，数年之后，终于明白了天人化生、万物滋长的要道。"

冤仇一事本难说得清，是任我行害了东方不败，还是东方不败害了任我行，究竟是任我行赢了，还是东方不败赢了？我们同情东方不败的遭遇，但他自己也许很满足于他的遭遇。

唉，冤孽，冤孽，我练那《葵花宝典》，照着宝典上的秘方，自宫练气，炼丹服药，渐渐的胡子没有了，说话声音变了,性子也变了。我从此不爱女子,把七个小妾都杀了,却……却把全副心意放在杨莲亭这须眉男子身上。倘若我生为女儿身,那就好了。

冤孽已成,忏悔无用,也许东方不败本就属于贾宝玉一类,羡慕那水的骨肉,而不喜泥的身体。

方证大师

大慈大悲大胸怀,无仇无恩无尘埃。

佛门广大,遇者即是有缘,佛法广大,普度天下众生。金庸小说中的高僧不少,但不是被打得重伤呕血,就是连私生子都生下了,真正令人心中敬佩的只有方证、方生两位大师。方生大师以德报怨,盈盈虽然杀了他门下三名弟子,但他仍将疗伤圣药送给令狐冲,他不提自己对令狐冲手下留情,而是多谢令狐冲剑下留情,此等胸襟气魄,不愧为佛门高僧。

而方证大师的精神境界似乎还高方生大师一筹,他已经看淡恩怨情仇,心地空明,万事不执着。他对令狐冲的造就之心,亦是用心良苦。使令狐冲不至于堕入魔道的人乃是方证大师,这是一种循循善诱的教育改善手法,他看得出令狐冲是个人才,在令狐冲走投无路时,帮助令狐冲,还愿用少林至宝易筋经相授,足见眼光智慧。

他有私心,但私心却服从于公心;他有佛法,而佛法却用于普度众生;他有愚心,但愚心却源自善心。两位佛门高僧可谓是金庸小说中少有的大慈大悲者,方证大师甚至还有些可爱,他不是高高在上,而是平平淡淡,这样的高僧才是真高僧。

117

风清扬

行云流水任意之,九剑挥洒风清扬。

前面已经说过,风清扬是后天的隐士,是"隐,不自隐"的典型人物,是剑宗和气宗政治斗争的牺牲者。他经历了严重的打击,江湖的黑暗,同门的互相残杀,争权夺利令他黯然神伤,因此他总是"神气抑郁,脸如金纸"。从书中可以知道,风清扬在剑宗和气宗的斗争中既是受害者也是幸存者,他被骗到外地娶亲,以至于剑宗覆灭,但他却躲过了这兄弟相残的浩劫。人情冷漠,世情如霜,也难怪他神情萧索,似含无限伤心了。

风清扬的心胸应该是开阔爽朗的,唯一挥之不去的就是剑气之争的惨变。剑术之道,讲究如行云流水、任意所至,这种剑术至理非大心胸者不能为之,直率坦荡,情随意而为,何必躲躲藏藏。

但见他眯着眼向太阳望了望,轻声道:"日头好暖和啊,可有好久没晒太阳了。"令狐冲好生奇怪,却不敢问。这句话大有深意:蛰伏已久,很久没有出山了,黯然太久,终于遇到了人生知己、美质良材。不管怎么看,风清扬身上都带着一种挥不去、化不开的落寞寂寥。

冲虚道长

虚怀若谷大道冲,太极圆转俗心鸿。

冲虚是武当掌门,武林高人。这个人很有意思,道号冲虚,又冲又虚,是物极必反,变得不冲虚了。他非常接地气,既好胜又虚怀若谷,既淡泊名利又热心于俗务。没有高人的气质，却令人心生亲近，叹为高人。

他好胜，听说令狐冲得到风清扬的剑法后，忍不住要一较高低；他直率，直指出岳不群气量狭窄，令狐冲与魔为伍；他还有些看不开，看不开正邪之分，看不开真情厚意。在这一点上，他就不如方证大师和莫大先生了。他又虚怀若谷，在大庭广众之下，直承曾经败给后生小子令狐冲。我想任我行不完全佩服他的原因，除了武当后继无人外，还有就是不能了却尘心。

这在全书最后一章大有体现，冲虚总是放不开，这就不是道家高人了。冲虚不是个得道之士，却是个政治人物。在最后设计迎战任我行的时候，充分显示出其领导才能。有意思的是，在最后一章中，方证和冲虚的对比比比皆是。

冲虚寻思："乘他们立足未定，便一阵冲杀，我们较占便宜。但对方装神弄鬼，要来什么先礼后兵。我们若即动手，倒未免小气了。"眼见令狐冲笑嘻嘻地不以为意，方证则视若无睹，不动声色，心想："我如显得张皇，未免定力不够。"

令狐冲是潇洒豁达，方证是修为深湛、不动声色，只有冲虚略显张皇。

还有就是对于生死问题，冲虚的反应是——

一时心中忐忑不宁，寻思："任老魔头这会儿只怕已坐到了椅上，再过片刻，触发药引，这见性峰的山头都会炸去半个。我如此刻便即趋避，未免显得懦怯，给向问天这些人瞧了出来，立即出声示警，不免功败垂成。但若炸药一发，身手再快，也来不及闪避，那可如何是好？"

方证的反应是——

修为既深，胸怀亦极通达，只觉生死荣辱，祸福成败，其实也并不是什么了不起的大事，谋事在人，成事在天，到头来结局如何，皆是各人善业、恶业所造，非能强求。因此他内心虽隐隐觉得不安，却是淡然置之，当真炸药炸将起来，尸骨为灰，那也是舍却这皮囊之一法，又何惧之有？

而对日月神教的送礼，方证是内心狂喜，冲虚则双手颤抖，一个不形于色，一个形于色；最后是两人对于这场大难消弭于无形的反应和看法，方证是庆祝可喜可贺，冲虚是深探源由，心痒难搔。所以论修为，自是方证胜于冲虚，若论领导才能，则冲虚略胜一筹。

三个半不佩服的人（书中任我行只说了两位）

左冷禅

图霸雄谋为轩冕，尘土落花并五极。

左冷禅是一个霸权主义者，他用一生精力使尽阴谋诡计，妄想合并五岳剑派，最后落个美梦成空，反为他人作嫁衣的下场。所以说，他是惨案的制造者，也是惨案的受害者。

左冷禅这个人，用任我行的话来说，那是有心计、有才智、有雄心，是个了不起的人。但他做事不择手段，衡山城内逼死刘正风全家；十八里铺暗算恒山门人；挑起剑宗接任华山掌门，约旁门左道暗算天门道人，可谓无所不用其极。当真是口冷、面冷、心不冷，表面虽喜怒不形于色，内心却热衷于权力。作为一个掌权者，最基本的素养，就是不能让别人看出自己的内心，要让别人猜不透、看不穿，任我行、岳不群、莫大都是如此。

不过这位五岳剑派的左盟主还是颇有胸襟气魄的，在"夺帅"一节，小说中对他剑法的描写真是气势磅礴："嵩山剑气象森严，便似千军万马奔驰而来，长枪大戟，黄沙千里。"既写出了剑势磅礴，也写出了左冷禅的气势。只可惜奇谋秘计梦一场，左冷禅机关算尽，最终不过为他人做了嫁衣，一代枭雄（左冷禅）终于败给了一代奸雄（岳不群）。

左冷禅手中沾满了鲜血，实是死不足惜，但值得庆幸的是，他不是读者最讨厌的反派，最讨厌的反派当属——君子剑岳先生。平心而论，岳不群作恶没左冷禅多，只因他是个伪君子，所以遭到了更多的口诛笔伐。

岳不群

倘若当时身便死，一生奸伪有谁知？

《笑傲江湖》对岳不群的描写可谓是非常成功的，状岳不群仁厚而实伪，极尽对比讽刺之能事。文中对岳先生的描写可谓无处不讥讽，即使不讥讽，也可做讥讽观。

老实说，他是个被理想毁灭的人，他走上邪恶的道路是循序渐进的。虽然他心中本能地存在着恶念，但完全可以凭道德约束力压下去，但最终鬼迷心窍，委实可惜。作者描写岳不群的时候采取了层层深入的手法。先扬后抑，犹如流水向低流，随着阅读的深入，岳不群在读者心中的印象也逐渐降低。

待到"治伤"一节，且看岳不群之出场——墙角后一人纵声大笑，一个青衫书生踱了出来，轻袍缓带，右手摇着折扇，神情甚是潇洒。眼见这书生颔下五柳长须，面如冠玉，一脸正气，心中景仰之情，油然而生。

先声夺人，这时岳不群高大光辉的形象已屹立在读者心中，令人为这"神仙似的人物所倾心折服"，不唯林平之，换作任何一人谁能不生敬仰之情。

接着再看刘正风"洗手"一节，曾将岳不群和天门道人、定逸师太做了个比较。岳不群是平易近人、不摆高人的架子，天门道人他们是自重身份。这将岳不群的光辉形象再次放大，令人心生亲近。

接着通过嵩山派残害刘正风一家的事情中岳不群置之不理、冷眼旁观的态度，便使其形象大打折扣。

岳不群道："刘贤弟，倘若真是朋友，我辈武林中人，就为朋友两肋插刀，也不会皱一皱眉头。但魔教中那姓曲的，显然是笑里藏刀，口蜜腹剑，设法来投你所好，那是最最阴毒的敌人。他旨在害得刘贤弟身败名裂，家破人亡，包藏祸心之毒，不可言喻。这种人倘若也算是朋友，岂不是污辱了'朋友'二字？古人大义灭亲，亲尚可灭，何况这种算不得朋友的大魔头、大奸贼？"

这话说得真是冠冕堂皇而又合情合理，赢得了众人称赞，也让求助者无话可说。随着情节的发展，岳不群先是怀疑令狐冲偷取紫霞秘籍和辟邪剑法，接着又是少林寺假装受伤，直到最后比剑夺帅得胜，可谓原形毕露。

三、《笑傲江湖》：唯大英雄能本色，是真名士自风流

更有意思的是，岳不群竟是个"尽数"自己恶行的人。在对岳不群的描写中有许多有意思而又意味深刻的话。在"邀客"一节中，岳不群下山来杀田伯光，而田伯光反而摸上华山，令岳不群白跑一趟，这是伪君子和真小人的一次较量，结果是真小人胜了。

在"三战"一节中，岳不群与任我行针锋相对，结果每次岳不群都被任我行怼得"默然"，伪君子和野心家的较量，结果是野心家胜了。岳不群道："风师叔于数十年前便已……便已归隐，与本门始终不通消息。他老人家倘若尚在人世，那可真是本门的大幸。"任我行冷笑道："风老先生是剑宗，你是气宗。华山派剑气二宗势不两立。他老人家仍在人世，于你何幸之有？"岳不群给他这几句抢白，默然不语。这是岳不群第一次默然。

岳不群道："在下才德庸驽，若得风师叔耳提面命，真是天大的喜事。任先生，你可能指点一条明路，让在下去拜见风师叔，华山门下，尽感大德。"说得甚是恳切。任我行道："第一，我不知风老先生在哪里。第二，就算知道，也决不跟你说。明枪易躲，暗箭难防。真小人容易对付，伪君子可叫人头痛得很。"岳不群不再说话。这是第二次默然。

岳不群大声道："任先生行奸使诈，胜得毫不光明正大，非正人君子之所为。"向问天笑道："我日月神教之中，也有正人君子吗？任教主若是正人君子，早就跟你同流合污了，还比试什么？"岳不群为之语塞。这是第三次默然。

三次的默然正体现出了岳不群的虚伪，他早已被任我行

123

看穿。少林三战是岳不群与令狐冲的第一次正面冲突，气宗的岳不群在与令狐冲的比剑中，却用了剑宗绝招，这让岳夫人心头大震；接着又假装腿被令狐冲震断以迷惑别人，而对令狐冲所使的剑招也是不怀好意，那叫作"深意之中有深意"，看似暗示令狐冲浪子回头，实则是伺其分心，一剑制胜，用心可谓阴毒。

比剑夺帅中，又见岳不群之心机。他派岳灵珊以言语相激其他派掌门，既能除掉令狐冲这个劲敌，又能迷惑左冷禅，事前说好每派只派一人，可华山派却派出了两人。在岳不群与左冷禅比剑之前，他又极力装出一副恐惧的样子来迷惑对方，而事先又安排了劳德诺偷取假剑谱一事，打了左冷禅个措手不及。他的阴险虚伪让令狐冲对他产生畏惧和厌恶，表面上二人并未发生冲突，实则从岳不群一现即隐的怒色与令狐冲的恐惧上可以看出，这才是两人真正的决裂。

在"伤逝"一节中，岳不群和令狐冲终于摊牌了，师徒二人拔刀相向，只不过岳不群是欲杀令狐冲，令狐冲是不得不拔刀自卫。岳不群大声道："到得今日，你还装腔作势干什么？那日在黄河舟中，五霸冈上，你勾结一般旁门左道，故意削我面子，其时我便已决意杀你，隐忍至今，已是便宜了你。在福州你落入我手中，若不是碍着我夫人，早教你这小贼见阎王去了。当日一念之差，反使我女儿命丧于你这淫贼之手。"可见岳不群早想杀令狐冲，只是未得其便，而后来令狐冲的武功大进又使岳不群妄图拉拢令狐冲以为己用，当他发现令狐冲这样的人是不可能为他所用后，才决意除掉这个障碍。因此有了这场大战，至于女儿死了只不过是个幌子。

当他被令狐冲打败后，竟发出一声尖叫，声音中充满了又惊又怒，又是绝望之意。机关算计，自残形体，却仍非令狐冲对手，这样的他又怎能一统江湖呢？只见岳不群脸如死灰，双眼中闪动恶毒光芒，但想到终于留下了一条性命，眼神中也混合着几分喜色。

两人的最后一次冲突，就是岳不群之死了。岳不群遍邀五岳剑派同道，入华山石洞观看失传剑法，其意大概是为了施恩于人，培植自己的势力，却不想被左冷禅破坏，而左冷禅却被令狐冲所杀，自己倒成了受益者。但他自己怎么也没想到，会死在仪琳之手。岳不群死得很巧妙，仪琳恐怕是最合适杀他的人了，为了报师仇，为了救令狐冲，都必须杀他。

其实岳不群也是可怜的，为了光大本派而选错了途径，一步错步步错，就这样错误地走下去。他对辟邪剑法和葵花宝典的看重，恐怕也是受到了师门的影响，说不定每代掌门都有密令让下一代掌门找回秘籍、重振威风呢？

错误的延伸、道统的传承、昔盛今衰的痛苦都是他误入歧途的原因。他起初也对令狐冲很看重，后来是恨铁不成钢，再后来是怀疑甚至有些嫉妒，最后是拉拢直至杀之而后快。令狐冲在思过崖上就已经和岳不群有了根本冲突，他对岳不群的敬爱，就如是对权威的敬畏，而通过独孤九剑的学习，他已经渐渐打破权威，真正走向自由之路了。

5. 冲盈

相呴以湿，相濡以沫，不如笑傲于江湖。

令狐冲和任盈盈的爱情结局是美好的，但其中的经过却历经艰辛，正邪的阻力实际并不算什么，关键在于令狐冲的心理。他始终放不下岳灵珊，对盈盈的感情也就显得不那么真挚了，远不如盈盈对他感情的真挚。令狐冲对盈盈的认识是朦朦胧胧，就好像中间始终隔着一层纱，直到后来马车上的那一刻，才真正揭下了这层纱。

两人初次见面是在洛阳绿竹巷，当时的令狐冲备受猜疑，没有人相信他，更没有人安慰他，直到盈盈以"婆婆"的身份出现，用《笑傲江湖曲》和《清心普善咒》为他抚平创伤，他才觉得心中有了一丝丝安稳。

令狐冲第一次接触盈盈是只闻其声，不见其面。只把她当作婆婆，而对婆婆却有一种感激亲切之意。同时盈盈也被令狐冲对岳灵珊的真情感动，身上戾气大减，渐渐明白了人间之爱，从而对其心生爱慕之情。然而，这不过是萌芽而已。

在五霸冈上，群雄自发而来，为了报答盈盈之恩，都竭尽心力为令狐冲治伤，尤其是黄河老祖、蓝凤凰、平一指这些人，这怎能不令令狐冲感激，从此是"粉身碎骨，万死不辞，有福同享，有难同当"。当群雄走后，令狐冲只觉天地之大，竟无人关心，正在这时，《清心普善咒》再次响起——令狐冲恍如漂流于茫茫大海之中，忽然见到一座小岛，精神一振，便即站起，听琴声是从草棚中传出，当下一步一步地走过去，见草棚之门已然掩上。

这时的令狐冲已然知道了,这世界上还有一个关心他的人。令狐冲一阵感激,不禁萌生出"天涯海角,随婆婆前往"的想法。最终他终于见到了盈盈的真面目,而最初一眼却在水中倒影里见到,所谓镜花水月,好梦一场,甜中带苦,苦尽甘来。盈盈之情,令狐冲一死难报。可此时的令狐冲仍对岳灵珊痴恋,对盈盈恐怕只是感激罢了。

月微光照映之下,雪白的脸庞似乎发射出柔和的光芒,令狐冲心中一动:"这姑娘其实比小师妹美貌得多,待我又这样好,可是……可是……我心中怎的还是对小师妹念念不忘?"盈盈会对任何人凶,对任何人狠,只不会对令狐冲狠,一个小魔女在令狐冲面前竟成了柔和的小姑娘,非有大爱,何以至此?此后盈盈的影子时不时出现在令狐冲的脑海中,在打赌一节中——睡梦之中,忽见盈盈手持三只烤熟了的青蛙,递在他手里,问道:"你忘了我吗?"令狐冲大声道:"没有忘,没有忘!你……你到哪里去了?"无论是感恩还是爱慕,盈盈都已印在了令狐冲的脑海里,永远不能忘记。恐怕也正是有了盈盈,才使令狐冲重燃生的希望。再潇洒豁达的人也不愿轻易死掉,真正潇洒的人,往往是懂得尊重生命的人。

在囚居一节,有些描写很有意思。令狐冲在牢狱里心中充满了绝望,全身汗毛竖起,甚至大哭呕血,一个大丈夫竟会如此,这不是说他胆小,除死无大事,他连死都不怕,还怕坐牢吗?

恰恰他遇到了比死还可怕的事,那就是无边的黑暗与寂窦。死不可怕，可怕的是生不如死。在牢笼中，令狐冲想了许多，一想到盈盈，精神一振；一想到岳灵珊，心头一痛；一想到仪琳，脸上露出了温柔的微笑。三种不同的反应，三种不一样的感情。对盈盈，有些依靠和感激；对岳灵珊有的是深爱与伤心；对仪琳，有的是高兴和大哥哥般的爱护。直到此时他仍深爱着岳灵珊。当他成功脱困后，其喜悦之情渐消，反而感到寂寞凄凉。独立溪畔，欢喜之情渐消，清风拂体，冷月照影，心中惆怅无限。

在少林寺中，令狐冲更深一层地感觉到了盈盈对他的心意，盈盈甘愿把自己的性命交付给自己，这是任何师友都不曾给过他的，怎能不令他感动，于是萌发了拼死救护盈盈之心。但这时他和盈盈之间仍有较远距离。——每当盈盈的倩影在脑海中出现之时，心中却并不感到喜悦不胜之情、温馨无限之意，和他想到小师妹岳灵珊时缠绵温柔的心意，大不相同，对于盈盈，内心深处竟似乎有些惧怕。心中对她有七分尊敬，三分感激；其后见她举手杀人，指挥群豪，尊敬之中不免掺杂了几分惧怕，直至得知她对自己颇有情意，这几分厌憎之心才渐渐淡了，之后得悉她为自己舍身少林，那更是深深感激。然而感激之意虽深，却并无亲近之念，只盼能报答她的恩情。

令狐冲对盈盈有的只是感激，并不是情爱，以至于见了她的丽色，反而觉得相距很远。而盈盈似乎感觉到了这一点，这落花有意、流水无情的状况，深觉两情相悦才是爱情，否则是无味之极了。

三、《笑傲江湖》：唯大英雄能本色，是真名士自风流

令狐冲与岳不群的比剑，正是任盈盈与岳灵珊在令狐冲心里的位置之争。在少林寺中这场争斗实际上是没有结果的，直到他们下山后，在那个小山洞中令狐冲一时抛弃了对岳灵珊的刻骨相思，全心全意对盈盈。盈盈心神荡漾，寻思："当真得能和他厮守六十年，便天上神仙，也是不如。"盈盈早就全身心投入了，只是令狐冲心有旁骛、负她良多。

密议一节，写出了令狐冲与盈盈交往的特点。令狐冲和盈盈交往，初时是闻其声而不见其人，随后是见其威慑群豪而不知其所由，感其深情而不知其所踪。当日她手杀少林弟子，力斗方生大师，令狐冲也只是见其影而不见其形。直至此刻，才初次正面见到她与人相斗。但见她身形轻灵，倏来倏往，剑招攻人，出手诡奇，长短剑或虚或实，极尽飘忽，虽然一个实实在在的人便在眼前，令狐冲心中，仍是觉得缥缥缈缈，如烟如雾。盈盈的印象在令狐冲心里总是缥缈的，虚幻的，捉摸不定的。经过这次事情，令狐冲心里终于有了明确的方向——有妻如此，夫复何求？两人的关系至此初步确定。

令狐冲在帮助任我行重夺教主之位后，因不满任我行的行为而下山，这时他与盈盈的距离仍然较远，这其中又有了任我行的干扰因素。盈盈不能抛弃父亲随他下山，所以令狐冲虽然在盈盈身边，却感觉她身在云端，伸手不可触摸。但二人已发下了山盟海誓——千秋万载，万载千秋，令狐冲是婆婆面前的"乖孙子"；千秋万载，万载千秋，任盈盈是令狐大侠身边的乖女孩。

盟约如此，情义更深一步。

直到盈盈驾骡车追护岳林姗之时，令狐冲仍觉得盈盈的背脊裹在薄雾之中，注意这时已经是"薄雾"了，待到二人手牵着手，眼望湖水，静听心声，令狐冲将心完完全全地交给了盈盈，盈盈身边再也没了雾的隔阂，两人成了真正的生死爱侣。

哑婆婆又帮助我们试探了两人的真心如一。在哑婆婆的逼迫下，令狐冲丝毫不惧，"她决不会抛弃我，她肯为我舍了性命，我也肯为她舍了性命。我不会对她负心，她也不会对我负心"。到这时已达到了爱情的化境，心意相通，情义了然，什么都无关紧要，既已有了两心如一的此刻，便已心满意足。这一刻就是天长地久，纵然天崩地裂，也拿不去，消不掉。

盈盈用宽容博爱的心对待令狐冲，又敢于追求自己的爱情与幸福，既神圣凛然，又害羞腼腆。最后兵戈消解，天下太平，两人携手笑傲江湖，千秋万载，永为夫妇。

四、《射雕英雄传》：至巧配至拙，竟也天成

"依稀往梦似曾见，心内波澜现；抛开世事断愁怨，相伴到天边。"

慷慨激昂的旋律，掷地有声的歌词，一曲《铁血丹心》不仅勾起了几代人的回忆，也把我们的思绪带到了那万马奔腾、天地苍茫的塞外去。

在那里，有弯弓射雕的侠之大者，有纵横四方的一代天骄，也有可歌可泣的英雄史诗与民族画卷。恢宏的历史背景，崇高的民族精神，平淡的语言文字，渊博的文化内涵，种种因素共同构成了这平凡而伟大的作品——《射雕英雄传》。

《射雕英雄传》（以下简称《射雕》）也许不是金庸成就最高的小说，但却是其名气最大的小说。在这部书中，没有复杂诡谲的人物心理，没有曲折离奇的情节设置，有的只是一种平淡，一种留给读者无限震撼的平淡。

《射雕》写了一个人，一个从最底层慢慢崛起的平凡英

雄。在他身上，我们看到了"为国为民"的侠者情怀，看到了"仁义礼智"的儒家精神；郭靖，是儒家文化的代言人，民族精神的捍卫者。

《射雕》写了一条线，一条汉民族数百年英勇卫国的历史主线。在其中，我们看到了国家民族的尊严，看到了"得人心者得天下"的真理，学会了海纳百川的胸怀，懂得了自强不息的精神，《射雕》向我们传达了儒家的精神，向我们展示了"易道"的深沉。

《射雕》不是在讲故事，而是在向我们展示人生的悲欢离合、民族的兴衰起伏、易道的微妙玄通。从古到今的沉郁沧桑，前赴后继的志士仁人，从牛家村的风雪惊变，到襄阳城的为国死难；从大漠的风起云涌，到江南的兵戈四起；这一幅波澜壮阔的历史画卷，饱含着太多的苦与乐、喜与悲。

郭靖的成名绝技"降龙十八掌"不只是排山倒海的绝世武学，更是为人处世的生活良方。其中蕴含着《周易》的智慧，包含着儒家入世的君子哲学。

郭靖的一生经历，无不对应着《周易·乾卦》的哲学思想，这也正是儒家君子的真实写照。

时乘六龙，乾元用九——郭靖乾天之德

"乾坤，其《易》之门耶！"郭黄，亦《射雕》之门也。

熊十力先生曾言："乾为生命心灵之都称，坤为物质能力之总名。"故郭靖取其前，刚健、照明、自强不息；黄蓉

取其后，阴柔、迷暗、厚德载物，这"性"与"形"本来就是二者一体。

郭靖的发展轨道竟和《周易》中的《乾卦》如此相似，而他学的"降龙十八掌"中也有许多招数是从《乾卦》中衍生出来的。

何为"乾卦"？

从卦象上看就是六个"一"，是正，是直，这便是郭靖的道。

潜龙勿用，阳在下也——流寓漠北

这是一个蛰伏阶段、黑暗阶段，更是一个"确乎其不可拔"的天成阶段。所谓"厚积薄发"，这一阶段便是"厚积"之时。

地点：临安府牛家

时间：南宋

环境：金宋攻战，断墙残瓦，烟草茫茫，斜阳萧索

人物：一群空怀满腔热血而又微不足道的小人物

本书用了古典小说中最普通的说书手段作为开场白，不需要说太多，只用了一个《叶三姐节烈记》就把读者的情感拉到了金宋相争的背景中，故事也就从这里开始了……

山外青山楼外楼，西湖歌舞几时休？

暖风熏得游人醉，直把杭州作汴州。

话说《射雕》这部书，一开端便出场了几个关键人物，这几个人物是谁呢？

非是杨铁心和郭啸天，而是：一跛（曲灵风）、一道（丘

处机）、二小人（张十五与段天德）。

这"二小人"一个是平凡百姓的代表——张十五；一个是贪官污吏的代表——段天德。从说书中，反映的是一个平民百姓对金兵的痛恨，看出了当时百姓的满腔悲愤与些许无奈。

读者刚一开卷，便在心里留下了两种感觉：

一是怜悯百姓而生敬仰英雄之情；

二是痛恨朝廷而起诛杀奸臣之心。

张十五固然微不足道，但张十五代表的这一类人——平民百姓，却是推动历史的绝大力量。而在那个金兵入侵的年代，老百姓又能如何，无非是醺醺大醉，度此残生；无非是高唱《满江红》，以待海晏河清。

段天德是典型的"朝廷鹰犬"，在那个黑暗的时代，这类人做坏事竟然还敢留名，当真肆无忌惮！

化身"曲三"的曲灵风是个很朦胧的人物，因为他的过往就是朦胧而又历历在目的，他的未来更是朦胧无期。

他抬头瞧着天边正要落山的太阳，却不再向三人望上一眼……他抬起头来，望着天边的一轮残月，长叹一声，眼角边渗出泪水。

落日残月，长叹清泪，这就是他心中的苦痛；旁若无人，只因为他心中只有那个令他高山仰止的师父；落寞寂寥，难道是逐出师门之后的生无可恋？以身犯险、皇宫盗宝，只为师父之好？

恐怕非也。

这正是一种生无可恋而心存幻想的盲目痴狂，但正是这种看似令人不解的行为，却在冥冥之中解救了武穆遗书，解救了大宋江山。曲灵风一死，留下了完颜洪烈的一场空，留下了郭靖的一段情，留下了傻姑与杨家的三世之缘。

风雪漫天，大步独行，气概非凡。丘处机一出，令人拇指一竖，豪气陡生。锄奸杀贼，算是为国为民，不负重阳之志。

六岁孩童，本性不失，这个时候最容易考察出一个人的品性，从而进行更好地引导。不负众望，我们看到了李萍是个懂得教育孩子的好母亲，郭靖是个天性纯良的好孩子。

在李萍的教导下，郭靖懂得"恨"，痛恨那些残暴杀戮的金兵；懂得"信"，誓死不肯泄露哲别的行踪，哪怕被打得体无完肤。应该说，郭靖从小就是敬仰英雄人物的，所以他敬佩以少打多、百发百中的哲别，此时他心目中的英雄形象，就是这种宁死不屈的好汉。

郭靖从小是可以肩挑大任的，看见两军交战而眉飞色舞、毫无惧容，这在史书中往往称之为"少有奇节"。自从郭靖拜了江南七怪为师后，他便开始了近十年的"潜龙勿用"（随七怪学武）。

以上所言诸人皆是乱世中的小人物，有的可以"苟全性命"，有的却身首异处，《鬼谷子》说："圣人之治道，唯隐与匿。"

潜龙勿用，德之隐者，隐而后发，以待天时。

现龙在田，德施普也——弯弓射雕

匆匆十年，郭靖已是少年，昔日的笨重男孩，今日成了弯弓射雕的"哲别"。虽然初露头角，但却无处不体现着"言之信，行之谨"，一言一行，皆存其诚。

试看郭靖射雕一段——

郭靖接过弓箭，右膝跪地，左手稳稳托住铁弓，更无丝毫颤动，右手运劲，将一张二百来斤的硬弓拉了开来。……眼见两头黑雕比翼从左首飞过，左臂微挪，瞄准了黑雕项颈，右手五指急松，正是：弓弯有若满月，箭去恰如流星。黑雕待要闪避，箭杆已从项颈对穿而过。这一箭劲力未衰，恰好又射进了第二头黑雕腹内，利箭贯着双雕，自空急坠。

这段描写堪称精彩，颇有"一代天骄，只识弯弓射大雕"的豪迈。小说叫作《射雕》，但很少有人去想为什么叫"射雕"，就是因为射了几只雕吗？

"射雕"两字是一种气势，是一种功业，给人一种豪迈的意境，我想金庸写这个小说前就是生了这样的雄心，要把这个小说写得豪迈、写得壮阔、写出波澜和气势。

射雕，射的是什么雕？

郭靖射的是黑雕，是一种凶猛暴虐、以多欺少的恶雕；而目的是救白雕，一种生死以之、同甘共苦的良雕。所以这个射雕中的雕是黑雕，是恶雕，射雕就是除恶，就是保护良善，这便是小说的主题了。

郭靖把黑雕献给了成吉思汗，就是把成吉思汗当作心目中的大英雄，把成吉思汗当作除恶的领导人，成吉思汗的远大抱负和广阔胸怀是郭靖这个阶段的向往。于是，成吉思汗也把佩刀赠给了郭靖，让郭靖用这金刀为他建功。

这金刀又是什么？

不过是一把杀戮的利刃罢了。这并不是郭靖心中追求的大义，因此，这个金刀驸马终究是做不成的。没有黄蓉，他也是做不成的。

郭靖的一生中，除了黄蓉的陪伴外，还有一对白雕和一只汗血马。"白雕"无疑就是他们两个爱情的体现，一路走来，风风雨雨，襄阳城破，同生共死，同来同去，此生足矣。

"汗血马"则意味着两人能走得远，在《神雕》里提到汗血马虽然年长、依旧神俊，似乎永远不会衰落，永远不会疲惫。郭靖、黄蓉的情正是这样，若问世间什么东西能够永驻，那不妨去问问郭靖、黄蓉吧。

此时的郭靖已经成长起来，独斗黄河四鬼，并上演了一出万马丛中生擒都史而回的英雄一幕，当真"天生将种"。

现龙在田，利见大人，郭靖正于此时得到了"大人"成吉思汗的欣赏，人生开始由平凡走向传奇。

或跃在渊，进无咎也——回归中原

郭靖在回到中原的路上，遇见了两个贵人，改变了他的一生，第一个便是"至巧"的黄蓉。

蓉儿的出场，真正开启了金庸武侠不以真正面目出场的女主模式。

且看黄蓉出场——

那少年约莫十五六岁年纪，头上歪戴着一顶黑黝黝的破皮帽，脸上手上全是黑煤，早已瞧不出本来面目，手里拿着一个馒头，嘻嘻而笑，露出两排晶晶发亮的雪白细牙，却与他全身极不相称。眼珠漆黑，甚是灵动。

一句"早已看不清本来面目"暗藏着黄蓉的内在品性：至巧之中蕴含着一份纯真朴素的拙性。郭靖一遇到黄蓉便产生了异于往常的感情，这种感觉是强烈的，使他感到了"生平未有之乐"。

送了貂裘，注定这一生你要为她遮风挡雨；赠了红马，注定这一生要和她走到尽头。管她是小乞丐也好，大小姐也罢，管她是美是丑，这一生就是这样了。直到拨云见日、白衣推舟，金环上闪耀的光芒照进了白雪中，照进了靖哥哥的心里。不成模样的点心，珍贵无比，只因为"我爱吃"，她要小心翼翼地收藏下这份感情，用今后的余生"慢慢品尝"。

什么样的爱最有味道？什么样的爱可以永恒？

就像酒，越醇越好，就像歌，回声更有震人心魄的力量。

未到中原，又怎么会有家国之痛，身处此地，方初次体会家国之悲，成郭靖者何人？非黄蓉而为谁。

黄蓉不怕，"即使父亲不要，你也会让我跟着你"；郭靖无惧，"顿觉沙通天等人殊不足畏，世上更无难事"。

当丘处机让郭靖娶穆念慈的时候，平时在师长面前胆小怕事的郭靖，突然坚定地说出"我不娶她"四个字，掷地有声，石破天惊。

四、《射雕英雄传》：至巧配至拙，竟也天成

在对黄蓉的爱情上，郭靖也是四个字"用不着说"。两人的情爱已经到了不用说的境界，至此开创了金庸小说中爱情的最高境界——"不用说"。

凡是可贵的情爱，这个"心有灵犀"最为重要。

大美无言，天地为心。

两颗心已经牢牢结在一起，世间没有什么力量、什么人能够拆散它，这才是永存。两人没有什么山盟海誓，有的只是普普通通的一句话，郭靖如是说："蓉儿是很好、很好的姑娘"，说到最后也就是"很好"二字；黄蓉如是说："靖哥哥，我永远听你的话。"这也不过是"听话"二字罢了。

"靖蓉之情"是在历久弥新中更有闲情逸致，中正平和间凸显冰雪纯真，一股至巧之情和一股至拙之情，就这样随着两个人的性格融为一体了。

黄蓉本来就具有小儿女情怀，这种情怀要是表现在一些普通的大家闺秀身上，我们就会感到乏腻甚至厌恶。但值得庆幸的是，这种看似"笨拙"的情怀偏偏在"至巧"的黄蓉身上有了体现。这不仅没有令我们感到不舒服，反而为黄蓉这个角色增色不少，就像是一个豪迈英雄有了几分柔情一般，金庸同样将这个机智绝伦的蓉儿，赋予了一份纯真天然的笨拙，这要比小龙女的不谙世事精彩得多。

黄蓉不仅是个洞察世情的奇女子，更是一个寻常的邻家女孩，黄蓉做到了这两者的结合。单凭这一点，黄蓉的"拙"就和郭靖有了共鸣，所以郭靖也变得具有闲情逸致起来，竟一根根数着黄蓉的睫毛，这样的画面当真既有趣又甜美！

黄蓉的"拙"还体现在她对爱情的无忧和对生活的无愁上。她从小顽皮，该笑就笑，该哭就哭，浑不知愁是何物，直到她见了穆念慈那落寞寂寥的身影，才渐渐懂得了一些愁滋味。黄蓉怔怔地出了一回神，只见一团柔发在风中飞舞，再过一阵，分别散入了田间溪心、路旁树梢，或委尘土、或随流水。

　　在她身上，我们看见的是一个逐渐成长的真实少女，而不是一个一蹴而就的完美人物。就像黄蓉自己所说："你不要以为我什么都知道，我也有很多事情想不通的。"诚然，她只是一个比旁人聪明伶俐的女孩罢了，其余的并没有和寻常女孩有何不同。怕僵尸，爱胡闹，说话有时充满了小孩子气。郭靖和黄蓉之所以深入人心，就是因为他们够真实。

　　黄蓉将他头发梳好，挽了个髻子。郭靖道："你这般给我梳头，真像我妈。"黄蓉笑道："那你叫我声妈。"郭靖笑着不语。黄蓉伸手到他腋窝里呵痒，笑问："你叫不叫？"郭靖笑着跳起，头发又弄乱了。黄蓉笑道："不叫就不叫，谁稀罕了？你道将来没人叫我妈？快坐下。"……她只要见到郭靖武功增强，可比自己学会什么本事还更喜欢得多。

　　这是在身处孤岛、旁有西毒窥伺的情况下，上演的一出温馨闹剧。郭靖、黄蓉就像是两个小孩子一样在那里嬉戏，连话语之中都充满了孩子气。这一段描写本来是最为庸俗不堪的平常话语，但到了金庸手中却有着不平凡的力量。金庸总能点石成金，化腐朽为神奇，就是因为他在这些平常话语之中，注入了不平常的情感。

郭靖龙行中原，在磨炼之中不断进德修业，故能进而无咎，一步步走向成功。

飞龙在天，大人造也——恩师再造

"夫大人者，与天地合其德，与日月合其明，与四时合其序，与鬼神合吉凶。"郭靖的这个"大人"便是北丐洪七公。

郭靖自言道，有了洪恩师的栽培，才有了郭靖的今天。洪七公对于郭靖的造就，是起了决定作用的。郭靖的学武历程其实就是一个"蒙卦"的体现，正所谓"蒙以养正"，启蒙或学武是用来扬善的，而郭靖的学武也体现了"匪我求童蒙，童蒙求我"的精神。即不是江南七怪逼他学武，而是他自己逼自己，只有如此才能报仇。

而江南七怪教武的不得其法使得郭靖迟迟不能进步，他们这种手法叫作"击蒙"，最容易适得其反，所以不是郭靖太笨，而是未遇名师。直到机缘巧合之下遇到了洪七公，洪七公采用的方法是"发蒙"和"包蒙"，也就是启发和包容，这才是真正的教育。

到了后来，郭靖又发展到了"困蒙"阶段，陷入了困惑——对武功、天理、善恶等一系列问题的困惑。洪七公造就郭靖，不仅是从武功方面，更是从心性方面，一开始他就对郭靖说过，笨一点不要紧，主要看心性，心地要好。而他那种凛然不可侵犯的正气，自然而然地感染了郭靖，就连欧阳锋瞧见他那目光也不禁转过头避了开去。在洪七公的造就下，飞龙终究腾跃九天，既然已经上了天，那便要遵循天道："先天而天弗为，后天而奉天时。"

亢龙有悔，盈不可久——大军西征

这时郭靖的事业达到了一个新高峰，爱情上也到了关键点。此时，进退、存亡、得失的抉择便能决定一生的去向：华筝和黄蓉之间，究竟如何抉择？养我之国、父母之国又何去何从？

"甘愿自己受苦，绝不半点负人"，这便是郭靖给出的答案！

大漠的苍鹰，江南的飞燕，华筝和黄蓉的性情虽不同，但有一点是相同的，她们都深爱着那个值得她们深爱的人。

寻寻觅觅，却不知她就在你的身旁。两人凝望片刻，相互奔近，不提防峰顶寒冰滑溜异常，两人悲喜交集，均未留意，嗤嗤两响，同时滑倒。此时此景，已成为定格，已成永恒，那一袭貂裘不再是昔年的回忆，而是今朝的重逢。

郭靖和杨康走的本是一条路，杨康无知得迈开步伐，盲目地走了下去，虽然走得快，最终却一去不复回；郭靖本能地迈开了一小步，在道路上缓缓行着，不断有人在他前行的明灯中加灯油，为他照亮天地。

杨康坚守这条路而死，郭靖转变这条路而死，正是皆死，死国可乎？泰山鸿毛，从此而判，金主宋王，何欲何求？

知进退存亡，而不失其正者，大概就是说郭靖这样的人吧。

群龙无首，天德无首——为国为民

天德是一种至善之德，放在人世，便是仁德。郭靖是一个具有人道主义精神的人，在他身上，儒家的仁爱之心发展到了极致。无论是撒马尔罕城前的那一句"我不后悔"，还是襄阳城头的那句"好人岂可错杀"，无不展现了一个兼济天下、兼爱众生的伟岸形象。

小说最后两章便是本书精神的着重体现，在此处，作者将儒家人世的思考以一个"人问"的方法表达出来。（屈原问的是天，问的内容也是天，故《楚辞》有《天问》；郭靖问的是人，问的问题也是人，故称之为"人问"）

第一问，练武何用："我一生苦练武艺，练到现在，又怎样呢？连母亲和蓉儿都不能保，练了武艺又有何用？我一心要做好人，但到底能让谁快乐了？母亲、蓉儿因我而死，华筝妹子因我而终生苦恼，给我害苦了的人可着实不少。"

郭靖在这里做了一个自问自答，可以发现后一个问的前半部分，就是前一个问的答案。

问：练武练到现在，怎么样了？

答：连蓉儿和母亲都保护不了。

练了武艺何用呢？要做个好人。

到底能让谁快乐呢？谁也不快乐。

那练武何用呢？

丘处机如是说："水能载舟，亦能覆舟，是福是祸，端在人之为用。天下的文才武略、坚兵利器，无一不能造福于人，亦无一不能为祸于世。你只要一心为善，武功愈强愈好，

143

何必将之忘却？"

这叫作心善为体，武功为用，也是武侠中"侠"字的深刻体现。

第二问，好坏何分："完颜洪烈、魔诃末他们自然是坏人。但成吉思汗呢？他杀了完颜洪烈，该说是好人了，却又命令我去攻打大宋；他养我母子二十年，到头来却又逼死我的母亲。"

如何区分好坏？

没别的，就是一个"义"字。黄药师行事乖僻、愤世嫉俗，虽有难言之痛但自行其是，少为别人着想，这是我行我素、独立于世的一类人；欧阳锋作恶多端，那是恶人无疑；一灯因个人小怨而心灰意冷，避地隐居，是个后天的隐士；洪七公行侠仗义、扶危济困，他的行事标准就是仁义，所以令人敬服。

第三问，彼我何处："我和杨康义结，然而两人始终怀有异心。穆念慈姊姊是好人，为什么对杨康却又死心塌地相爱？拖雷安答和我情投意合，但若他领军南攻，我是否要在战场上与他兵戎相见，杀个你死我活？"

对朋友，我们要多一些不在乎，心胸宽广，容人纳物，不可斤斤计较；对敌人，要有我不杀他，他便杀我的觉悟，我不杀他，那他杀我就是对的吗？当然不对，如果坏人杀了好人，那坏人必将继续作恶，岂不是危害更大。

第四问，一生何来："学武是为了打人杀人，看来我过去二十年全都错了，我勤勤恳恳地苦学苦练，到头来只有害

四、《射雕英雄传》：至巧配至拙，竟也天成

人。早知如此，我一点武艺不会反而更好。如不学武，那么做什么呢？我这个人活在世上，到底是为什么？以后数十年中，该当怎样？活着好呢，还是早些死了？若是活着，此刻已是烦恼不尽，此后自必烦恼更多。要是早早死了，当初妈妈又何必生我？又何必这么费心尽力地把我养大？"

能做大事，就可以多为国家考虑；能做小事，也可以多为他人考虑。明知不可为而为之，为正义，为国家，本就是义所当为，至于结果如何，那便是鞠躬尽瘁，死而后已了。

第五问，天道何存："江南七侠七位恩师与洪恩师都是侠义之士，竟没一人能获善果。欧阳锋与裘千仞多行不义，却又逍遥自在。世间到底有没有天道天理？老天爷到底生不生眼睛？"

天道自在人心，江南六怪死了，但他们的义举不会死，而杀他们的杨康和欧阳锋也都没有善终。洪七公震慑了裘千仞，正是所谓的天道本善。洪七公一生杀过二百三十一人，没错杀一个好人，这深深影响了以后的郭靖，好人岂可错杀？

第六问，该是不该？

最终问题归结到一个"义"字上来，金庸在新修版中仔细谈论了这个义字的内涵，称得上是深入浅出——大丈夫该有仁人义士之心，'义所当为，死则死耳。'有什么了不起……所谓行侠仗义，所谓是非善恶，只是在这个'侠'字，在这个'义'字，是便是'是'，善就是'善'，侠士义士，做的只是求心之所安，倘若斤斤计较于成败利钝、有利有害、还报多少、损益若干，那是做生意，不是行善做好事了。凡

是'善'事，必定是对人有利而对自己未必有利的。咱们做人讲究'义气'，'义'就是'义所当为'，该做的就去做。对！师父教训得是！中国人有危难该救，外国人有危难也该救！该做就要去做，不可计算对自己是否有利，有多少利益！

这个"义"便是贯穿了射雕三部曲的核心思想，所以《射雕》也可以称得上是一部"义书"，而大义小义的取舍，更是义中最为重要的一环。

第七问：何为英雄？

"英雄，英雄……"成吉思汗临死还在想这个问题，在他心中，所谓的英雄就是功业，而英雄果真是用功业衡量的吗？

其实，功业并不能代表一切，就像考试高分不能代表一个人的知识水平一样。英雄是什么样的，英雄是——"当世钦仰，后人追慕，为民造福、爱护百姓之人。"

以这个标准来看，英雄未必轰轰烈烈，很可能是平平淡淡，不是伏尸百万，而是仁者爱人，用这个角度评判，王重阳、洪七公、郭靖才是真英雄！

郭靖乾天之德是中正刚健的再现，是纯粹之精，旁通之情，以此而行，御天地，平天下。

履霜冰至，顺始顺终——黄蓉坤地之德

坤者，地道也，妻道也，臣道也。黄蓉是至巧，也是至顺，机智绝巧，能见微知著，坤随乾动，顺始顺终。她的眼中，什么都没有，唯独一个郭靖。

侠情自此：黄蓉对郭靖的影响是巨大的、渐进的，此中不唯有爱情，更有家国情怀。梅林荡舟，已发家国先声；太湖遨游，平添英雄气节。在太湖中，我们看到了郭靖的立志情怀——为国尽忠，死而后已；更看见了仁人志士的共有之悲——才人不遇，古今同慨。

博大胸襟：黄蓉的胸襟气魄是博大的，她毫无女人的那一丝丝妒意。每看83版电视剧《射雕》都会觉得这版黄蓉的美中不足之处，就是她变得小心眼了，善于妒忌了。其实，无论是对待穆念慈、程瑶迦还是华筝，她都没有所谓的妒。相反，她对自己充满了自信，也对郭靖充满了信任。

黄蓉嫣然笑道："你爱见谁就见谁，我可不在乎。我信得过你也不会当真爱她。难道我会不及她吗？"这是何等大气，何等洒脱。

黄蓉回头向父亲道："爹，他要娶别人，那我也嫁别人。他心中只有我一个，那我心中也只有他一个。"……黄蓉道："我跟他多耽一天，便多一天欢喜。"人虽然不能在一起，心却可以永远连在一起，这恐怕就是灵与肉的分离吧。

生死何惧：黄蓉对生死是豁达的。郭靖眼中，即使百年之后，别人已经是白发苍苍的老太婆了，而黄蓉依旧是那个"美丽的好蓉儿"。在他眼里，黄蓉是不会老去的，是永远美丽的，所以"蓉儿"这个称呼，郭靖会永远叫下去，哪怕两人成为白发苍苍的老人，也不会变。既然是"活，你背着我；死，你背着我"，那么，又何必在乎活，又何必惧怕死。

女又如何：黄蓉也可以说是女性解放的先驱了，这一点恐怕或多或少受了黄药师的影响。在黄药师身上的的确确没有看见一丝对女性的不屑，反而是皈依佛门的一灯大师，对女子的看法仍是"区区"二字。当一灯大师说"夫妻如衣服"时，黄蓉便大有异议，甚至重伤之中也要反驳道："呸，呸，伯伯，你瞧不起女子，这几句话简直胡说八道。"

幸何如之：黄蓉和小龙女都是幸运的人，她们在爱情的初次体验上就遇到了可以托付终身之人。郭靖和杨过对于天真纯洁的黄蓉、小龙女两人实在是不可多得的良配。如果黄蓉初次遇到的便是欧阳克，小龙女遇到了陆展元，那真是无法想象，也幸亏如此，这世上才多了个黄蓉，少了个李莫愁。

苦乐轮回：但求心中喜乐，哪管他人死活。绝望之中，愤怒之时，总有一种莫名的力量，促使着人做出违背常理的事来。前路荆棘漫漫，又何必行色匆匆？走得慢、走得快又有什么区别？荆棘的终点是痛苦的起点，欢乐的尽头是痛苦的发端，"以一人之力对抗天下，只为护着你"的誓言终究只是一时亢奋。黄蓉能为郭靖舍弃一切，郭靖能否？

答案是不能！

因为他还有使命，所以他"万万做不到"永远隐居桃花岛。最可怕的事不是他要杀了你，而是他把你恨到骨子里去，这种恨是多么可怕，多么狰狞！郭靖曾问黄蓉道："蓉儿，你还要什么？"但郭靖不妨想想，他又能给黄蓉什么，连最起码的信任都给不了！

"我还要什么？什么也不要啦！若是再要什么，老天爷也不容我。"我又要些什么，只要有了你，我就拥有了一切，这是黄蓉的心声。

　　长袖轻举,就在花树底下舞蹈起来。但见她转头时金环耀日,起臂处白衣凌风,到后来越舞越急,又不时伸手去摇动身边花树,树上花瓣乱落,红花、白花、黄花、紫花,如一只只蝴蝶般绕着她身子转动,好看煞人。她舞了一会,忽地纵起身子,跃到一株树上,随即跳到另一株树上,舞蹈中央杂着"燕双飞"与"落英神剑掌"的身法,想见喜悦已极。

　　这一段桃林起舞是何等的苍凉!又何曾有丝毫的喜悦!是她心中对这来之不易的幸福的喜悦,还是她心中隐隐约约的不安在时刻警告着她——来日大难!

　　终究,大难来临。他眼中犹如喷火,瞪视着她,可她又有什么罪过呢?是错在她爱你至深吗?是错在她为你痴狂吗?还是错在她本就不该是东邪之女呢?

　　她凛然不惧,迎着目光而上,毫不退缩,只是怔怔。悲痛、绝望、无视,接踵而至的便是心灰意冷,原来你终究是爱你的师父多些……铁枪庙中,真相大白,可是我们却已经为黄蓉伤透了心,甚至厌恶柯镇恶和郭靖。经过这次经历,我想柯镇恶应该长些脑子了,可惜并没有,后来在《神雕》里他对杨过的态度就和以前对黄蓉的态度一样,充满了误解和怀疑。

　　我悲谁知:无论是读者还是郭靖,似乎都只能看出黄蓉表面上的调皮伶俐,从而忽略了她埋藏在内心深处,需要外界引而发之的悲伤愁苦。

　　黄蓉听他关怀自己,不禁愈是心酸,哭道:"谁要你假情假意地说这些话？我在山东生病，没人理会，那时你就不来瞧我？我给欧阳锋那老贼撞到了，使尽心机也逃不脱他掌握，你又不来救我？我妈不要我，她撇下我自顾自死了。我爹不要我，他也没来找我。你自然更加不要我啦！这世上没一个人要我，没一个人疼我！"说着连连顿足，放声大哭。

实际上，黄蓉的身世很凄凉，我们只看见了她的大小姐一面、光彩的一面，却忽略了她阴暗的一面。从小就没有母亲，而性情古怪的黄药师又怎么会真正理解女儿的心思？黄蓉有很多障碍不正是黄药师造成的吗？黄蓉虽然过着养尊处优的生活，但却没一个真正爱她的人。

直到她遇见了郭靖，郭靖并不是很优秀，但却能使黄蓉对他一见钟情、不离不弃，没有别的，只因为那一份发自内心深处的真切关心，使黄蓉初次感到了世上还有一个关心她的人。而这个人是无目的的纯粹关心，这种感情深深地感动了黄蓉，从此也将两人牢牢绑在了一起。

宝甲软猬：软猬甲在小说中是个意象，小说中在黄蓉和郭靖亲密接触时，几乎每次都反复提到软猬甲。如果软猬甲就是个普通的防身器物，那这就是繁文了，关键在于软猬甲不是器物，而是一个象征意义。

说得简单一点，它就是个"三八线"，这个"三八线"大多出现在郭靖黄蓉亲密接触的时候，因为它代表着郭靖黄蓉前期爱情的一个尺度、一个分界。离得远那叫生疏，离得近那叫猥亵，只有适当，才叫甜蜜的爱情，软猬甲就是这个作用。

纵观全书，郭靖和黄蓉最多也就是抱一抱、牵牵手，郭靖甚至连亲一下黄蓉都不敢（还是黄蓉允许的情况下）。但就是这样，每当二人出现时，我们也会感到他们之间无比的甜蜜和亲近，这种关系显得平淡而神奇。

黄蓉具有"坤之德"，而坤随乾动，坤中包含着三种乾的美德：含章之德、括囊无咎、黄裳中和。含章，就是内华外朴；括囊，就是沉默谨慎；黄裳，则是中庸之道，这几点在郭靖身上都毫无保留地体现了出来，而小说中那个编写九阴真经的人也叫作黄裳。以此推之，这真经也必将秉持着中正平和之道，蕴含着儒道两家至高的哲理。

黄蓉之美，美在其中，畅于四肢，发于事业，美之极矣。

八卦激荡，各安其位——五绝

震惊百里，不丧匕鬯——黄药师

"震惊百里"是说黄药师行为惊世骇俗、特立独行，令人咋舌；"不丧匕鬯"原指不能失去祭祀用的礼器，这里是说黄药师虽然外行魏晋风度，实质上仍是以真正的礼义廉耻作为内核。本是忠臣孝子、恪守礼法的愚忠之家，却遭到了灭顶之灾，在动荡纷乱之下，走上了惊世骇俗、越礼不羁的道路。

在《射雕》里，黄药师表现的是不彻底的风度，说得更过分些，不是风度，是偏激和执拗。他的一身充满了纠结和矛盾，虽然金庸的意图是要把黄药师塑造成"痛恨虚伪礼教、服膺礼义廉耻"的高士，但现在看来这个塑造其实很失败。

黄药师很精明又很痴，不拘小节又看重名号，莫名其妙的迁怒，匪夷所思的痛恶，要突破又放不开，要守礼又不甘心，说到最后，也只能用老顽童的话作结了："定是什么事情弄错了。"

黄药师最厉害的地方不是他那对礼教的奇怪态度，也不是他那高深莫测的武功，而是其弟子对他的衷心感佩，就如马钰所说"桃花岛主有徒如此，真乃神人也"。徒弟的武功极高，不是什么难事，难在他们竟然如此敬重感激自己的师父，即使他们的师父性格偏激地敲断了他们的腿。

在黄药师的一众弟子中，梅超风显然是个特殊的存在。梅超风是个可怜人，她这一辈子没过什么好日子，在叛离桃花岛之后恐怕心中是又羞愧又怀念，最多的还是觉得对不起师父。九阳真经卷册上的斑斑血迹混合着她思念悔恨的眼泪，梅超风叛离桃花岛的原因是什么？是她果真深爱陈玄风吗？是为了偷九阴真经吗？

也许她真的有些喜欢陈玄风，但恐怕还有一点原因就是她要避开黄药师，因为对于众师兄弟的谣言，她可能也信了几分，即使师父娶了师母也不能丝毫使她放下心中的石头，所以她选择了逃避。也许后来她才明白，黄药师对于自己只是欧阳修对于外甥女的感情，并不是她想象的那样，所以她觉得更加对不起师父，因为她错看了自己的师父。她想要报答恩师，最终得偿所愿，替师父挡下了西毒的致命一击，终究可以安然而逝了。

注意梅超风临死之前说的话，这里面大有文章——梅超风嘴角边微微一笑,说道:"师父,求你再像以前那样对我好。"

很显然,梅超风已经知道了黄药师以前"那种好"就是一个师父对徒弟的好,而不是男女之情,所以她才会这么说。

我太对不住你了,我错尽错绝!我要留在你身边,永远……永远服侍你。她最对不起的不是盗书,不是离岛,或者说这两者都是因为她对师父质疑而产生的后果,这个"对不住"是她误解了自己的师父,后面的"错尽错绝"指的也是这件事。梅超风死了,死之前她想要回到十二三岁的梅若华,她想要重新回到桃花岛的门墙,可惜她已经不能了……

羝羊触藩,泥淖难拔——欧阳锋

"羝羊触藩"是指羊角触碰藩篱,却缠绕在藩篱上,摆脱不了,这里是指欧阳锋深深陷入了对九阴真经的痴狂追求,使这一代宗师无法自拔。

欧阳锋是一个典型的"毒而难渡,锋而至疯"的人。他的一生也不知是被九阳真经毁了,还是被九阴真经给成全了。清醒的时候恐怕没有一天的快乐,自始至终都在绞尽脑汁为九阴真经而奔波,倒是疯了之后,方获得一丝宁静,真不知是福是祸。

和兑:行未疑。欧阳锋首次登场便是在桃花岛上,以他的身份却如此低声下气。平和亲近地来提亲,当真是出人意料,如果仅看此处,欧阳锋就是个谦谦君子了。这正是他喜怒不形于色,隐藏深意的绝高手段。

孚兑:欧阳锋虽然毒,却有着宗师风范,说一是一,算得上是出口如山,有点小信用。

来兑：用心不正，为了九阴真经不惜和完颜洪烈等人混在一起，有些献媚取悦之意，又恩将仇报，暗算洪七公，也可以说得上是卑鄙无耻了。

引兑：未光也。欧阳锋后来变成了一个善于引诱哄骗的人，哄骗傻姑、哄骗郭靖，最后哄骗自己，使自己终究疯疯癫癫，难以光大武学。

突如其来，履错避咎——一灯

对于一灯大师的出现只能用"突如其来"形容了。突如其来，只为证实武、义、仇、爱。于桃源峰回路转，本来是死，突如为生；于华山转瞬即逝，因仇而来，仇解而去。

一灯用自己的经历验证了郭靖黄蓉，不仅验证了武功，也验证了爱情。一灯经历了"从死到生"的轮回，终于懂得了刘贵妃对周伯通的那种真情，什么样的真情？一种"为人而心碎"的真情。以前贵为皇帝的他始终不懂，如今身为高僧的他终于明白了，这一懂，已是新的涅槃！

一灯对刘贵妃的爱一直未曾变过，只不过开始时他是恼怒和嫉妒，而最后才懂得了爱的博大，就像黄蓉说的："师伯，你心中一直十分爱她，舍不得离开她，可不是吗？"

正是！无论他的态度如何变化，他的初衷却始终未变，那就是"爱她"。

接着说说一灯大师的四大护卫，有一段描写可以一针见血地看出他们的性格特点，当真是"四小鬼各自肚肠"——那渔人心道："但愿得刘贵妃心意忽变，想起此事怪不得师父，竟然悬崖勒马，从此不来。"那樵子心想："这刘贵妃狡诈多智，定是在使甚奸计。"那农夫最是焦躁，心道："早一刻来，早一刻有个了断，是祸是福，是好是歹，便也有个分晓。说来却又不来，好教人恼恨。"那书生却想："她来得愈迟，愈是凶险，这件事也就愈难善罢。"

四人性格由此可见：

渔人是：一言不合，就要动手（就是干）；

樵子是：一曲高歌，坦然放行（看得开）；

农夫是：一语不发，便使狡狯（嘴最损）；

书生是：一通高论，迂腐死板（想太多）。

神龙摆尾，履道坦坦——洪七公

洪七公是一个具有传承作用的人物，他在王重阳去世而郭靖未成长为侠之大者的这段时间内，是当之无愧的"天下第一"，这种侠之大者的精神也因此不曾中断。洪七公神龙见首不见尾，一回首，一摆尾，不知到了何处？

江边农家为吃鸡而来，交付十五掌之后，留书而去；

宝应祠堂，再传"余三掌"，未曾赴宴；

桃花岛上，长啸而来，皇宫走失；

华山之巅，玄功尽复，终，"我去也"。

滑稽玩世，为人正直，行侠仗义，武功极高，这就是洪七公了。

洪七公是穷人，又扮演着社会最下层的角色，而做的事却是无比的高尚伟大。但在对于仁义上却被黄蓉称作"迂腐"，被周伯通说成"糊里糊涂"，但对于洪七公来说，他的确做到了"仰不愧于天，俯不怍于人"，这便是大境界。

他在小说中的作用十分巨大，影响了郭靖，也影响了杨过，可以说是正义的化身，好人见了敬佩，坏人见了凛然，九指神丐，了不起！

利涉大川，不失其时——王重阳

王重阳在小说一开始便已作古，只能从别人的只言片语中得以了解，但就是这一鳞半爪之言，却重铸了英风仁义的侠骨。

"自重阳真人逝后，天下更无武功第一之人"。黄药师说得好，王重阳死了，但五绝每当谈起他时便生钦佩之色，就像丘处机后来赞美洪七公一样："即使有人在武功上胜了洪帮主一招半式，但天下英雄依旧推他为天下第一。"

要我看，王重阳—洪七公—郭靖，在精神上本就是一脉相承的。

王重阳表面上和郭靖没有任何关系，实际上却大有关系。大家还记得在《神雕》中有一个片段吗：当杨过问沙通天等人谁是他的杀父仇人时，沙通天等人说道："那人很厉害，东邪西毒，南帝北丐中神通都教过他功夫。"这个人自然就是郭靖了。

东邪、北丐、南帝、老顽童都传授过他功夫，西毒也曾经当过他的"陪练"，那从未有过交集的王重阳又怎么传授过他功夫呢？

我只能说——的确传过！

师哥当年说，我学武的天资聪明，又是乐此而不疲，但一来过于着迷，二来少了一副救世济人的胸怀，就算毕生勤

四、《射雕英雄传》：至巧配至拙，竟也天成

修苦练，终究达不到绝顶之境。……兄弟，你心地忠厚，胸襟博大，只可惜我师哥已经逝世，否则他见到你一定喜欢，他那一身盖世武功，必可尽数传给你了。

这是周伯通说的，王重阳和郭靖可以是跨代的神交，他的济世救人情怀在郭靖身上得以再现，郭靖的九阴真经不正是王重阳间接传授的吗？郭靖的全真派内功不也正是如此吗？王重阳的徒弟全真七子和师弟周伯通正是这两人之间的传递人啊。

中神通是土德，土德就是八卦中的艮卦，王重阳的一生正如这艮一样："时止则止，时行则行，动静不失其时。"

他的人生轨迹就是如此：

艮；君子以思不出其位。

艮其趾，未失正。立志抗金救国。

艮其限，危熏心。兵败退守古墓。

艮其身，止诸躬。全真正心诚意。

艮其辅，以中正。不改为国为民。

敦艮吉，以厚终。仁风流芳后世。

损则有孚，赤心无如——周伯通

道可道，非常道。是的，若用世人眼光来看待周伯通，他简直和疯子没什么区别，邋遢、不修边幅，可又不失可爱。

他不分长幼，和小辈称兄道弟，却深得义气三昧；他任性胡闹，不理江湖恩仇却又在刀光剑影中优哉优哉，快意人生；他于功名半点也不贪恋，却练成了天下第一流的武功。如果说郭靖是仁，张无忌是侠，令狐冲是隐，那么周伯通是

道，是不可道之道，无功，无名，无所待之道。

周伯通是武痴，却不同于欧阳锋的痴武，西毒一代宗师，当然深窥武之门径，但比之习武本身，欧阳锋更在意的是天下第一的名头和武林耆宿的威风，以及主宰生死的血腥快感，裘千仞或似之。

黄药师、段智兴虽自居高人，面对真经却也免不了大动凡心，郭靖与其说是愿意习武，不如说是身世处境强加于他。而老顽童，也唯有老顽童，是为了习武而习武，他对九阴真经的心痒难搔，不同于东邪西毒的处心积虑，而是真心想见见练过真经之后是如何好玩有趣，而他无心于世俗功利也正在于此。

周伯通天真烂漫，但并不傻，他不是不明白江湖上的恩怨是非，更不是不懂天下纷争的究竟。他是明明看清了天下英雄为真经争得你死我活，明明看清这世道今天这个打进来那个打进去的苦难，所以他不屑于功利。懂得人生真乐，懂得如何去活，活得自在，活得潇洒，活得解脱，是谓无功。

周伯通从来就不傻，表面的游戏人生，实则胸中自有是非之念。他平生最爱捉弄人，于赵王府一众武士，于裘千仞，下手之狠极为少见。但对江湖正道，却皆是发乎童心，止于玩笑。

他虽不受任何门派拘束，但海船解围，大闹禁宫，甚至烟雨楼显身，西域相救郭靖，虽然每次都不免失之胡搅蛮缠，却都或多或少地相助了有道之士，在是非混淆的时代，让斗争的天平倾向正义的方向。每次重要场合都不是由他引起，可每个重要场合都少不了他，而功成之后便是身退，以嬉笑怒骂现身，以巧合收场，他才是真正的兴满而来，兴尽而归，是谓无名。

空屋住人，空碗盛饭，全真教武学之奥贵在空柔二字，道家的"空"在老顽童的身上发挥得淋漓尽致。他出于至情情结瑛姑，却不明姻缘为何物，是空；他全师兄之义跳海，不思生死却自顾骑鲨遨游，是空；他凑热闹参加华山论剑，却不曾比武就被瑛姑追得屎尿齐流，还是空。

他自成一家的空明拳，正是其本人的真实写照，懒如虫，懵如童，松如枯骨，心似空明，空不是虚无，而是一种态度，一种本性，一种与生俱来的超脱。正如贾宝玉所言：赤条条来去无牵挂。本来无一物，空空如也，是谓无所待；恩怨情仇，生死名利，在他看来，空空如也。

争是不争，不争是争，夫唯不争，天下莫能与之争。无功，无名，无所待，在这纷扰的当下，周伯通之道，的确值得世人认真思考一番。

五、《倚天屠龙记》：路漫漫其修远兮，吾将上下而求索

《倚天屠龙记》是射雕三部曲的最后一部，在笔者看来，它的艺术成就犹在前两部之上。其既有一种完整感和跨度感，又有前两部的追溯性，是将时间与空间完美地结合在了一起。

读这部小说是需要划分层次的：

第一部分，花开花落，花落花开，少年子弟红颜老，介绍了天涯相寻的郭襄、自创一派的张三丰。此处多一点略多，少一点略少，承前启后，恰到好处。之后写了张翠山夫妇的爱恨纠缠。第二部分，是张无忌的成长历程，从蝴蝶谷到昆仑山，从参九阳到助明教；第三部分，从二十一回开始，排纷解难当六强，可谓处处精彩，回回动人。描写了张无忌和赵敏之间的纠葛，直到三十四回之后（第四部分），张赵和好，才令人心满意足。故小说可围绕张无忌分为四部分，依次为：孕育之路、成长之路、发展之路、归去之路。

全书结构严谨，层次分明，是以多个高潮形式叙写的，前面如镜湖无痕，后面如波涛汹涌；前面令人扼腕叹息、痛哭流涕，后面令人同情希冀、遗恨追忆。

孕育之路

天涯何处寻旧梦

"浑似姑射真人，天姿灵秀，意气殊高洁。"书的开头引用了丘处机赞美小龙女的一首词。丘处机赞小龙女"浩气清英，仙才卓荦"，也道出了杨龙爱情的"天上人间"——十六年前的爱情是天上的，十六年后的爱情是人间的。既是人间之人，便当周游四海，身入红尘，无须羡那与世隔离的"天境"（古墓），做那与世隔绝的"仙人"。

天上（神雕）已逝，人间（倚天）已至，人间之人（郭襄）便自当有一颗红尘之心（郭襄之追思）与红尘之气（郭襄之忧愁）。

"欢乐趣，离别苦，就中自有痴儿女。君应有语，渺万里层云、千山暮雪，只影向谁去。"

英风侠骨，脸有风尘之色；韶华如花，却是忧愁之年；愁思袭人，无计回避却上心头。相知相见知何日，此时此夜难为情。神雕的旁观、见证者，倚天的承前启后之人——郭襄。她始终不能忘记杨过，寻寻觅觅，冷冷清清，找不到，只有相思；找到了，不过徒增相思。石碑上的字迹会因年深日久而模糊，但刻在心中的痕迹却久久不能淡忘，只因石碑无情，人有情!

"由爱故生忧,由爱故生怖,若离于爱者,无忧亦无怖。"

去爱无忧,无情自乐。可惜人有情,天也有情,怎能断情丝,挥慧剑。佛偈随着觉远的铁链拖地声渐渐远去,也表示了郭襄无法脱离于情海。今日痴,后日痴,以后的大彻大悟难道不是因为今日的情痴不化?以至于日后的殷素素都不禁为她感到难过。

人中英侠,女中丈夫,饶是如此,难过情关。

"终南山古墓长闭,万花岰花落无声,绝情谷空山寂寂,风陵渡冷月冥冥。"

镜花水月,不过一场空,但又有多少人明知无果,却依旧追寻这空中楼阁。

笑她痴也罢,嘲她愚也好,谁解其中味?

何足道的知音难遇,郭女侠的情痴难寻,《考槃》遇到了《蒹葭》,隐士遇到了侠女。一人苦苦追寻,一人弹琴自娱,两人相遇,千载一时。此中的独上高楼令人心悲心碎,可喜的是在后来的《笑傲江湖》中,我们终于听见了琴箫和鸣,弥补了漠然空寂。

郭襄骑上青驴,又往密林深处行去。世事如过眼云烟,风萍聚散,心中无痕,唯有思念难断,只能是向密林深处越行越深,情网陷溺也越来越深。

今日的风尘女侠,日后的峨眉始祖,有其因,必有其果。

实际上小说从一开头就已经描绘了一个波澜壮阔的武林图景,写出了峨眉、武当、少林、昆仑的纠葛。百年古刹,武学之源的少林却蛮横十足，官腔中正，不奖有功，反罚有功之人；佛法无边，却看不开男女一同；戒律精严，却有火工头陀之祸；武学高深，却难当昆仑三圣一击，当真令人又恨又怜。郭襄与无色的忘年之交，与觉远的共同进退，也道出了两派后来的渊源。再看郭襄大战无色一段，简直精妙绝伦，她虽比不上无色功力深厚，但在读者心里却是峨眉打败了少林。何足道对郭襄是一种知己之情，他为郭襄出头，用惊世骇俗的武功打败了潘天耕三人，又是昆仑打败了少林；而后他却由于张君宝铩羽而归，这又是武当打败了昆仑。

张君宝对郭襄是一种爱慕和尊敬之情，他对郭襄"依依不舍，凝望一眼"，可惜郭襄没有感觉到这种微妙的情感，最后郭襄送给张君宝一只金丝镯，预示着后来武当和峨眉的纠缠纷扰。

"男子汉大丈夫不能自立门户，却要依仗别人，枉生于世"。农家夫妇的一句简单对话，就道出了一位继往开来的武学大宗师——张三丰。诸多读者认为郭襄送张君宝之金丝镯，何不传于张无忌，又于大婚之日作为一聘礼还赠予峨眉周芷若。此论虽妙，却不得其中真味。郭襄之金丝镯是赠予那个前去投襄阳的张君宝，而不是独创武当的张三丰，那张三丰又怎么可以送出或传下这"不属于他的金丝镯"呢？

情情恨恨终此生

张翠山和殷素素是一对"矛盾夫妻"，从矛盾的结合到矛盾的共死。正邪矛盾，心理矛盾，爱恨矛盾，矛盾的人生使两人不得不矛盾地死去。

"今夕兴尽，来宵悠悠，六和塔下，垂柳扁舟。彼君子兮，宁当来游。"

两人的见面相识便是矛盾的开始，在张翠山心里，既不愿与女子同舟，又不愿错过打探消息的机会，因此心里矛盾，久久不能下定决心，此等浪漫的画面也暗示了二人后来必是纠缠不断。

相遇之时，便知相爱之意，便识相守之难。人在岸上，舟在江中，一人一舟相伴而行。"天边高升的新月"，便是两人新的人生开始，而望月的是殷素素，这说明了两人的结合对殷素素的人生产生了彻底的改变——杀人不眨眼的魔头，成了不忍伤害野兽的良善之人，简直如涅槃重生。

"遮月的乌云"即是两人在结合的道路上所受的种种磨难：王盘山九死一生，冰火岛天外一悬，爱竟是如此多磨！

"撒下细细的雨点"则是两人在磨难中的血与泪。而乌云是张翠山所见，这就暗示了对两人结合最大的障碍是张翠山背后的所谓名门正派。

"江边一望无野，无可躲雨之处"。灾难既然无法避免，那也只好夫妻共患，生死以之了，因此两人都被大雨淋湿。最后一个头戴斗笠，飘飘然如凌波仙子；一个手中撑伞，悠悠然如凌虚天神。本是璧人，遭逢劫难，幸有良子，佳名得传。生前不幸，死后有幸，自可安笑九泉。

观张翠山和殷素素相处，那也只有借用书中"似喜非喜，似忧非忧"来形容了，这本身就是一个矛盾的说法。他既恨殷素素陷害自己又要为殷素素驱毒疗伤，既嫌她是魔教人物又相随她王盘山一聚；既相谢她护送俞岱岩之功又恨她暗害

五、《倚天屠龙记》：路漫漫其修远兮，吾将上下而求索

在前；既想远离却一颗心念兹在兹地在她身上。

救了穷凶极恶的巨鲸帮又使他茫然若失，见了亦正亦邪的谢逊而无言以对。相比于谢逊这个外面的强敌，内心心猿意马才是最大的敌人，在伸手相握殷素素的手之后，还把情爱当作敌人，内心矛盾非同一般。难怪后来连谢逊也说张翠山处事不够圆通，婆婆妈妈，确是死脑筋。

天道无常，造化弄人，互为仇敌的谢逊，不仅是张殷两人的爱情见证者，也成了两人后来的大哥。两人虽然不在了，但他们的爱情见证人尚在，爱情结晶尚在，那他们的爱情就不会断，会延续下去。张殷的爱情一直在集聚，一直如潮水一样冲击大堤，一旦溃堤，必将喷薄而出。正好老天给了他们这个机会，巨浪汹涌的生死边缘，终于使二人两心如一，使张翠山吐露真情，有了这"天上地下，人间海底"的山盟海誓。

冰火岛好似世外桃源，屠龙刀正是众果之因。谢逊因此而来冰火岛，张殷因此成夫妇，自然张无忌因此而生。张无忌一生，使谢逊心有所寄，使张翠山情义更坚，使殷素素去恶为善。无忌一生而改天换地，人心焕然一新。

二人离岛重回中原，自是祸患无穷。当张翠山知道是妻子暗算俞岱岩后，不禁拔剑相向，可他又怎么下得去手？一面是兄弟之情，一面是夫妻之义，一面是武林正派，一面是结义大哥，令他的矛盾达到了极点，他无法逃避也无法解决，只有死才是唯一的出路。

于是，张五侠横剑一刎，用鲜血化解了这十余年的矛盾。

殷素素也以一死来报答丈夫相爱之恩，来弥补以前杀人之恶，来恳求俞岱岩的原谅，也许这人间的悲剧才是最好的选择，令人既悲痛又赞许。可以说，张翠山是死于义，对外受众人逼迫是因为谢逊之故，对内良心难安是俞岱岩之故，于内于外全在一个"义"字。

至此张氏夫妇死去了，也可以说他们并没有死，因为张无忌与赵敏的纠葛"传承"了他们的"精神"。

成长之路

我心难解邪与正

张无忌的成长过程是多舛的，也是充实的。祸福相依，生死相随，正邪往往同时而出，相交而行，遇一正派人士，必遇一邪派人士。张无忌就是在这正邪交济之中练就出来的。

虽不明言而善恶自有分晓，张无忌一步步靠近魔教人士，同时也一步步走近人间大道。在小说的前十回合，是张无忌的孕育之路，这时的张无忌在冰火岛无忧无虑，虽然面对了西华子等"心中真正的坏人"，继而又遭到了父母惨死的打击，但这也不能算是他的入世经历。也就是说，孕育之路中的张无忌是出世的，不懂人世间的艰辛；而从父母死后开始，他才真正开始了属于他自己的人生，一个正邪交汇的人生。

张无忌身中寒毒，身为正派的少林方丈见死不救，却是身在魔教的常遇春千里护送、为他求医。空闻方丈背弃了信仰，而常遇春坚守了信仰，这就是正与邪的第一次较量，张无忌的第一次正邪遭遇。经过这次遭遇，张无忌对魔教之人的印象是——有趣。

在去蝴蝶谷的路上，他又遇到了彭莹玉和丁敏君等人的争斗。每部小说中都有那么一两个令人唾弃厌恶的人，每部金庸小说中都有一两个善于"逼宫"的人，笑傲中的左冷禅，射雕中的柯镇恶，还有这里的丁敏君。当年的纪晓芙、如今的周芷若，凡是有希望成为峨眉掌门的人，都得先经受她唇枪舌剑的考验；凡是灭绝师太喜欢的人，都是她厌恶的人，她的目标是明确的，那就是峨眉掌门。

丁敏君的心狠手辣与强逼纪晓芙的恶毒，令张无忌恨不得上去抽她一耳刮子，而彭莹玉的肝胆义烈、重情守信，尤其是那一份对张翠山的由衷敬佩，更是让张无忌不禁动容。彭莹玉的三声大笑中包含了怎样的无奈与激愤，他说得对，大丈夫做人的道理丁敏君不会懂，很多正派的人也不会懂。正派对自己的父亲是不齿，而魔教却是由衷敬佩，因此，这时的张无忌对彭莹玉是——感激和亲近。

在蝴蝶谷中他遇到了见死不救的医仙胡青牛，其人表面行事怪异，心狠手辣，实则是性情中人。虽行为怪异而不失光明坦诚。见死不救的胡青牛、忘恩负义的鲜于通，胡青牛因鲜于通之故而见死不救，鲜于通因名位之故而忘恩负义，邪派因为正派而变得邪了。杨逍爱护纪晓芙，灭绝却杀了纪晓芙，正派比邪派更好杀人！灭绝师太的倒行逆施，金花婆婆的滥伤无辜，二者等量齐观。经过蝴蝶谷的事件后，张无忌对胡青牛夫妇的尸体——怔怔流下泪来。

在送杨不悔去昆仑山的路上，张无忌更是领悟了人情冷暖、人世险恶。以简捷和薛公远为首的正派人士吃人，而徐达、朱元璋等魔教人士却救人；正教人士以怨报德，邪教人士以德报怨；正教人士在无可奈何之下选择迫害良善，邪教人士在无可奈何之下选择反抗压迫。至此，张无忌不禁对十分信服的太师父也产生了怀疑。要不是带着杨不悔，他也和徐达等人一起大干一场了，此时他对魔教已经是"心中甚喜"了。

而俨然一派掌门的何太冲，其薄情滥情虚情又和杨逍的专情重情形成了鲜明对比。这一系列的正邪穿插描写，使得正非正，邪非邪，正者是邪，邪者是正，不置一词而正邪自分。

接下来的一件事彻底改变了张无忌的一生，那就是朱长龄的奇谋妙计。其备也久，而败也速，用心恶而心机深，奈何谋事在人，成事在天，岂不信乎？张无忌自是仁及于草木禽兽，为救一猴而甘为群犬所啮。作者之所以将阴谋这么写，无非就是告诉我们一个道理：害人者，终害己。而且再精密的阴谋，也可能轻而易举地被击破，因为它是个阴谋，一见光就不复存在了。张无忌一生提防美貌女人，却总是被美貌女人所骗；总是被美貌女人所骗，却又总能因祸得福。

到了光明顶，看见了正邪双方的厮杀后，张无忌终于说出了自己对正邪的看法，这是他历经了许许多多的事情后得出的结论，他这时已走进了明教的天地中——"这些人个个轻生重义，慷慨求死，实是铁铮铮的英雄好汉，怎能说是邪魔外道？"

这一番慷慨陈词怎不令人动容？青翼蝠王用牙齿杀人，

灭绝师太用倚天剑杀人，又有什么分别？正教之中有坏人，邪教之中有好人，又岂能一概而论？

这时的张无忌已经是站在魔教的立场上说话了。再到后来被说不得掳上光明顶，了解了成昆的恶行，又机缘巧合学会了护教神功，看见了阳顶天的遗书，更是被明教普度世人的胸怀所感动。

小说写到此处，一个为国为民的教派已经跃然纸上，以往种种的误解也已烟消云散。因此张无忌的挺身相救不是一时的冲动，而是通过自己长期的经历与观察做出的正确决定。

一死一生死生更

小标题这几个字极为精练地概括了谢逊的一生：

空见一死，而谢逊心有所念；

无忌一生，而谢逊心有所寄。

恶人谢逊已死，好人谢逊重生。

天生良善，是故眉宇之间正气凛然；心受摧残，是故举手之间杀人无算。

因成昆而悲痛欲绝，性情大变；因成昆而放下屠刀，皈依佛门；成也成昆，败也成昆！

无穷无尽的痛苦，无边无际的绝望，随之而来的便是无法无天的恶行。

夺刀避难海外，是对弱肉强食的无奈；少杀禽兽多杀人，是对人性的无奈；学武之人难以善终，是对武功的无奈；痛斥千古英雄汉，是对圣人权威的无奈；仰天痛骂贼老天，是对苍天不公的无奈。

悠悠苍天，无奈何其多！

金庸小说中有一特点，凡罪孽深重而又情有可原者，必有大佛法化解。冰火岛的与世无争使谢逊修身养性，地牢中的佛法无边使谢逊重获新生。正是受了这无边佛法的洗礼，谢逊才会报深仇而只伤成昆双目，赎罪孽而无人忍心下手，直至太虚子一语点醒武林人：冤冤相报何时了？

以此身化解此大仇，何仇不可化；以己心度彼心，何心放不下。信心清净，即生实相，谢逊化解了张无忌的心魔；深解意趣，涕泪悲泣，谢逊激发了周芷若的忏悔。

昔日为人度，今朝能度人，我相人相，好不懵懂，无罪无业，无德无功。

发展之路

灵芙柔蕤质天成

"光明顶大战"是全书第一个高潮，恢宏的场面、汇集的人物、精彩的打斗、奥妙的武功，无不令人叹为观止。而第二个高潮便是女主角赵敏的出现。书已过半，小说的女主人公才出现，这在武侠小说中颇为少见。赵姑娘出场虽晚，光彩不失，一颦一笑，一举一动，皆描摹细致，刻画入微，容光照人，这算是金庸对赵敏的一个补偿吧。

金庸笔下的女主角首次出场很少有以真面目出现的，例如黄蓉装扮成叫花子、任盈盈装作婆婆，而赵姑娘也是女扮男装。

五、《倚天屠龙记》：路漫漫其修远兮，吾将上下而求索

另一人却是个年轻公子，身穿宝蓝绸衫，轻摇折扇，掩不住一副雍容华贵之气。张无忌翻身下马，向那年轻公子瞥了一眼，只见他相貌俊美异常，双目黑白分明，炯炯有神，手中折扇白玉为柄，握着扇柄的手，白得和扇柄竟无分别。

这一段细致的描写，将赵敏的气质容貌刻画得淋漓尽致，小说中恐怕只有小昭才有此待遇。实际上，赵敏可能是金庸刻画最成功的一位女性角色，对她的气质容貌有着精准的概括。也正是为此，使赵敏这个角色成为演员们最具挑战性的角色，因为她的气质是无与伦比的——自来美人，不是温雅秀美，便是娇艳姿媚，这位赵小姐却是十分美丽之中，更带着三分英气，三分豪态，同时雍容华贵，自有一副端严之致，令人肃然起敬，不敢逼视。

蒙古的血统使她英气勃勃，统帅群雄使她豪气干云，郡主身份使她雍容华贵而又端严。待到换女妆后，更是"容光照人，潇洒飘逸"，看起来赵姑娘不仅有女子之美，更有男子身上的优点，实在是巾帼不让须眉。

再看赵敏在陷阱中对张无忌说的话——赵敏笑道："多承张大教主夸赞，小女子愧不敢当。"

是不是有种似曾相识的感觉？

不错！当年殷素素也对张翠山说过类似的一句话——殷素素盈盈站起，笑道："不敢，张五侠谬赞了。"

不同的人，说出了如此相似的话，而两个人都是张无忌最亲的人，不知是缘非缘？

自从赵姑娘出场后，凡有高潮精彩处，必有赵姑娘之

171

身影。精彩激烈而不失侠骨柔肠，刚者观之拍手称快，柔者观之心飞天外，盖小说而达此境界，可谓水火交融，无坚不摧矣！

万安寺一役是全书又一高潮，是明教与六大派化干戈为玉帛的重要节点。上有大火，下有强敌，命悬一线而危机百变，至俞莲舟一跃，在场众人皆惊，读者亦大惊，直到张无忌接住众人，方使人放下心来。此一节，当真是提心吊胆来读，读后才使人出了口气。然而就在这惊心动魄的一幕之前，作者又设计了些温存绵绵的场景做铺垫，以此表现赵敏对张无忌的感情变化。

当张无忌想起赵敏纤美的玉足时，不禁心跳加快、满面通红，为何他总是会想到这个死对头呢？因为他心里已渐渐有了她。当黄金盒子破裂之时，赵敏的幽怨之意、赵敏的凄然欲绝，令人不禁同情这个表面上统率群豪、骨子里也有小儿女情态的蒙古姑娘来。而此时的张无忌只是朦朦胧胧懂一些，全没体会到此中深意，相反，作为旁观者的周芷若却看得清清楚楚，恐怕从这时开始，她已经把赵敏当作自己的竞争对手了。

在万安寺外的小酒家中，二人更是肺腑相谈。赵敏对张无忌没有任何敌意，张无忌也将埋藏在心里多年的话说给了赵敏，连他自己也莫名其妙。实是天意如此，缘分如此。赵敏能够弥补张无忌的优柔寡断，张无忌能感化赵姑娘，这种性格上的互补与郭靖、黄蓉实有异曲同工之妙。

可以说，赵敏是金庸笔下描写最细致的女性角色，而赵敏之美更是描写的重中之重：刃寒胜水，剑是倚天，貌美如花，人是赵敏。

美哉！赵姑娘！

熊熊圣火草上风

杨道：“本教聚集乡民，不论是谁有甚危难困苦，诸教众一齐出力相助。官府欺压良民，什么时候能少了？什么地方能少了？一遇到有人被官府冤屈欺压，本教势必和官府相抗。”

张无忌点了点头，说道：“只有朝廷官府不去欺压良民，土豪恶霸不敢横行不法，到那时候，本教方能真正的兴旺。”

杨道拍案而起，大声道：“教主之言，正说出了本教教旨的关键所在。”

张无忌道：“杨左使，你说当真能有这么一日吗？”

杨道沉吟半晌，说道：“但盼真能有这么一天。

全书至此，才是最高潮，这也是射雕三部曲始终贯穿的精神——为国为民，侠之大者。不仅体现了张无忌的侠气干云，也反映了大好男儿济世救民的豪情壮志，大有星星之火燎原之势。

就看张无忌与杨道的这番对话，思想深矣。字里行间爱民爱国之情油然而出。

"焚我残躯，熊熊圣火，生亦何欢？死亦何苦，为善除恶，唯光明故。喜乐悲愁，皆归尘土。万事为民，不图私我。怜我世人，忧患实多！怜我世人，忧患实多！"

自古英雄当如此，于明教而言，不仅是汉人与蒙古的斗争，也是为百姓而战，为正义而起，好个"万事为民，不图私我"！倘若人人若此，那我们真就达成了大同社会。

归去之路

张无忌这一生有四个深爱着他的女孩：小昭、殷离、周芷若、赵敏。

他对小昭是怜惜，小昭对他是相伴足矣；他对殷离是感动，殷离对他是幻想而已；他对周芷若是感激尊敬，周芷若对他是放不下其他的爱；他对赵敏是刻骨铭心，赵敏对他是义无反顾。

当其他三个姑娘都是自己的朋友时，赵敏却是他的敌人，然而这时在他内心中，仍然爱赵敏多一些。赵敏为他放弃了荣华，他也应该为赵敏放弃天下，如此方是最潇洒。

参商难逢

小昭对张无忌的爱，不是占有，而是一生一世地照顾与陪伴。她并不想争夺什么，只是想做公子身边的一个小丫头罢了。

可以说，是小昭的出现成就了张无忌，小昭的离去拯救了张无忌。

无独有偶，小昭是以"假面貌"出现的，这恐怕是金庸小说女主的一贯套路。可小昭并不算第一女主角，但仍以这种方式出现，足见金庸对其偏爱。

双目湛湛有神，修眉端鼻，颊边微现梨涡，直是秀美无伦……虽然容貌绝丽，却掩不住容颜中的稚气。小昭大喜，抬起头来，朦朦胧胧的月光在她清丽秀美的小小脸庞上笼了一层轻纱，晶莹的泪水尚未擦去，海水般的眼波中已尽是欢笑。

小昭出场的描写之细致，可与赵敏分庭抗礼，其最美的地方恐怕当是她的眼睛——那蔚蓝的双眼,包含着多少深情与无奈!

但看小昭在光明顶密道中所唱之曲,便暗示了她这可遇不可求的一生:"到头这一身,难逃那一日。受用了一朝,一朝便宜。百岁光阴,七十者稀。急急流年,滔滔逝水。"

从她到光明顶的这一刻起,就承担了太多太多的包袱,也许直到最后回总教当教主时,她才能放下母亲的包袱,真正背起自己的包袱。黛绮丝难逃那一日,小昭也难逃那一日,但我想小昭心中只有思念,没有痛苦与懊悔,因为她受用了一年,一年便宜。既然已经快乐过,那又何必执着?

急急流年,滔滔逝水,从小昭隐隐有海水湛蓝意的眼睛里,透露出她内心的宽广与时间的无情。

在张无忌会战六大门派时,只有小昭目不转睛,她的心始终停留在张无忌身上。对她来说,仿佛天下就只张无忌一人。读到这里,我们会想起一个人来——《笑傲江湖》中的仪琳。仪琳对令狐冲的爱是深埋在心里,是在心里默默祈祷;而小昭却敢于表现出来。小昭和仪琳就像是一个硬币的两面,面虽异而质相同。

小昭和赵敏一样,勇于追求,敢于表现,她对张无忌的好,是发自内心的。好就是好,何必藏着掖着,这种表现只能更让读者喜欢她,喜欢她的真、她的美。

过去的种种,今日的离别,在小昭心里,世界的女皇也不及张无忌身边的一个小丫头。这就是爱的境界,是一尘不染,是不容玷污。

为了张无忌,她抛弃了张无忌;为了爱,她抛弃了爱;

她抛弃了爱，但她曾经拥有过，这已是天长地久。

蝶谷旧梦

世间痴男女，皆有一段茫然初恋，来也匆匆，去也匆匆，生死以之，终归过眼云烟。然而，殷离对张无忌的留恋，却是一种奇妙的情况。遥想当年，蝴蝶谷中，张无忌一口痛咬，将自己深深地印在了殷离心中，从此，那个狠心短命的小鬼张无忌便成了她一生的追求与幻想。

在殷离面前，张无忌感到轻松自在；从殷离的眼色中，他看出的是母亲般的亲切。二人血缘中的不寻常关系，使张无忌有种说不出的感觉来：心中平安喜乐，对殷离产生了一种依赖和信任，这就是亲情，这就是人伦。尤其是在遭受艰难困苦之人的眼里，这种感觉更加强烈。

殷离仇发欲狂，对张无忌拳打脚踢，可在张无忌心中，没有看到一丝丝的轻贱，看到的只是她心中的悲痛欲绝与那满脸的凄惨之色。张无忌是懂殷离的，发自内心的懂，而殷离却沉浸于那个早已成为过去的梦幻泡影中。

心魔一生，难以自拔。张无忌对殷离不是爱情，而是因她的痴情而感动，正是因此，张无忌愿用一生来呵护她。而殷离也为这个曾阿牛所感动，心中柔情渐生，但这也不是爱情，是一种感激之情，感激他的理解与真心。

他心中三分伤感、三分留恋、又有三分宽慰，望着她的背影消失在黑暗之中。他知道殷离这一生，永远会记着蝴蝶谷中那个一身狠劲的少年，她是要去找寻他。她自然找不到，但也可以说，她早已寻到了，因为那个少年早就藏在她的心底。真正的人、真正的事，往往不及心中所想的那么好。

殷离对张无忌达到了一种痴的境界，这不是一般的单相思，而是一种超越了时空的单相思，她爱的人是那个多年前蝴蝶谷中的张无忌，而不是后来成为明教教主的张无忌。殷离的古怪情意恐怕只有在梦中才能表现出来吧，只有在梦中才能找到一丝慰藉吧。因此在灵蛇岛的小舟上，她的梦话就是她的真心话。

直到最后殷离知道曾阿牛就是张无忌的时候，她说出了埋藏在心中的话，看似疯疯癫癫，却比那些清醒的人更要通透——到手的东西总归没有想象中的好，坐着拥有又怎么比得上孜孜追求呢？人的一生就是不断追求的一生，不断追求的一生，才是无怨无悔的一生。

峨眉自怜

周芷若与张无忌的情感轨迹，可以从倚天剑中找出端倪。当年的汉水喂饭之德，使张无忌对周芷若产生了好感。再到后来光明顶下的相认，张周两人是怎么培养爱情的呢？书中的确不太清楚，似乎是相隔数年一见面就心生爱慕，也许周芷若对张无忌是一见钟情，但张无忌对周芷若是恩大于爱，感激胜于爱慕。

倚天剑是两人爱情的象征，周芷若用倚天剑刺伤了张无忌，周芷若又用倚天剑欺骗了张无忌，接着周芷若亲手将倚天剑弄断，她自己破坏了自己的爱情，有一些自作孽的成分。到最后，屠龙刀重归于好，而倚天剑断折未续，张周二人亦是覆水难收，有缘无分。

相比于张爱玲笔下的"红白玫瑰",金庸笔下的周赵之争则更为复杂精彩。

周芷若与赵敏有着三次精彩的较量,两胜一败,则一败涂地。

第一次是万安寺比武,第二次是灵蛇岛使诈,第三次是掳赵敏而询问张无忌。第一次她赢得了张无忌对她的关心,第二次她赢得了张无忌对她的承诺,第三次却输了张无忌的人和心。

在金庸的爱情世界中,两个人的爱是可以通过细节分出高低境界的,心灵上的沟通自是最高境界,眼神上的沟通又是次了一等,言语上的交流则又低了一层。张无忌和周芷若的爱情只是介于言语和眼神之间罢了,而赵敏和张无忌已经达到了真正的爱的最高境界。

两人的又一次相见是在万安寺比武的时候,也是周芷若和赵敏的第一次交锋,当她见到张无忌的时候,内心无比欢喜,即使千刀万剑斩下来,都无忧无惧,此时周芷若对张无忌的爱绝非虚假。

芷若心头一惊:"这个魔女头对他显是十分钟情,岂难道……"恐怕就是从这时起,周芷若已经把赵敏当作她的情敌了,周芷若后来的改变有两个最大原因,一个是师父灭绝师太的逼迫,另一个就是对赵敏的嫉恨,显然后者远比前者更重要。

周芷若爱极张无忌,甚至不惜生死,可是后来她为何伤害欺骗张无忌?原因就是她看见了赵敏。赵敏和周芷若的第二次较量也就随之在灵蛇岛上展开了。赵敏虽然多智,但在感情问题上却敢爱敢恨、直言不讳，很是光明正大；而周芷若则外柔内刚、不形于色地在心里算计，这是不符合张无忌性格的。同时也能看出赵敏能为张无忌而变，周芷若恐怕不能。灵蛇岛上的一番虚伪做作当真令人既痛恨又痛心，师父的遗言不过是一个借口，对赵敏的由妒生恨才是驱使她走上歧途的最大原因。结果她又赢了，赢得了张无忌对她的承诺。

在爱情上，赵敏是正而不谲，周芷若是谲而不正。赵敏可以为爱放弃一切，周芷若却有她放不开的东西。当张无忌说自己要隐居深山、不理俗务时，周芷若却要光大本门；当韩林儿说张无忌为皇为帝时，周芷若是眉角不胜之喜，而张无忌却是对天发誓不为帝王，周芷若听他说得决绝，脸色微变，低头不语。

这一系列的细节都说明了张无忌和周芷若的不相容性，而周芷若也没有达到那种为爱情义无反顾的境界。更有意思的是，两人心中的隔阂。周芷若对张无忌说，你对我有宋青书对我一半好就好了；张无忌面对赵敏心中想，芷若待我，哪有这般好。

周芷若说话句句不离诋毁赵敏，而赵敏却记着小昭的好，没有证据也绝不诋毁周芷若，其实不用看结果，就已经高下立判了。少林比武时的心狠手辣，少林寺外的以怨报德，甚至最后对张无忌赵敏的为难："你们尽管生娃娃、做夫妻，过得十年八年，你心里就只会想着我，就只不舍得我了，这就够了。"

这句话也许对于张无忌这种性格的人才会适用，也许过了许多年后，张无忌就会想起周芷若的好，就会觉得对不起她，心里不仅会对周芷若产生愧疚之情，因愧生思念，仅此而已罢了。然而周芷若也已经满足了，毕竟张无忌心中还有她这个人。

敝屣荣华

爱得深，则痛得深；站得高，则摔得狠。当张无忌认为是赵敏盗了倚天剑、屠龙刀后，他感到自己一生受人欺骗从未有今日这般厉害，甚至想跳进大海，这正体现了张无忌对赵敏的爱。爱到极处，方能恨到极处。相比之下，当张无忌得知周芷若的事情后，反而没有那么大的反应，只是感到痛惜而已，说明他对周芷若爱得不够深。

张无忌心中一片迷惘，想起赵敏盈盈笑语、种种动人之处，只觉若能娶赵敏为妻，长自和她相伴，那才是生平至福，其实我心中真正所爱，竟是那个无恶不作、阴毒狡猾的小妖女。

凡此种种，无不体现出张无忌内心之所爱是赵敏。周芷若也算得上是破釜沉舟，她在做这件事的时候完全没有顾及师父的遗言，因为从灵蛇岛回到中原的概率也不是很高，回去了就可以完成师父遗命、光大峨眉；回不去就完成了自己的心愿，与张无忌白头偕老，无论怎样，总是对自己有利。从此可见，师命不过借口，妒忌才是万恶之源。

当满怀愤怒的张无忌再次遇到满怀迷茫的赵敏时，张无忌感受良多啊——张无忌陡见赵敏现身，心头大震，又惊又怒，又爱又喜，禁不住轻轻噫了一声。

爱慕和欢喜毕竟战胜了愤怒，就像自己日后对赵敏所说，他对赵敏是——情之所钟，不能自已。

张无忌和赵敏可谓是无事不巧，缘在其中。在绿柳山庄的地牢中，张无忌气恼之极，说道："也不羞！又哭又笑的，成什么样子？"在武当山外，张无忌大喜，正自泪眼盈盈，忍不住笑逐颜开。赵敏微笑道："又哭又笑，也不怕丑。"

赵敏蒙受了盗取倚天剑、屠龙刀的冤屈，而与此同时张无忌也深刻感受到被别人冤枉的痛苦与绝望。只见赵敏冷冷地道："莫七侠是你杀的吗？为什么你四位师伯叔认定是你？殷离是我杀的吗？为什么你认定是我？难道只可以你去冤枉旁人，却不容旁人冤枉于你？"一句话点醒梦中人，但从中也可以看出赵姑娘的坚强与睿智。

赵敏和张无忌的感情历程是大有规律可循的，是从磨难中历练出来的。三次的小酒馆相会是其发展历程，赵敏与周芷若的四次角逐是磨炼历程，愈来情愈坚，这却是周芷若始料未及的。

赵敏与周芷若在万安寺的第一次交锋，看似是周芷若赢得了张无忌的心，实则不然，这一次交锋是张无忌感受到了赵敏语言中的幽怨之意、眼神中的凄然欲绝，虽然没有完全理解，却已是略窥门径了。

待到第二次交锋后，表面上是周芷若彻底打败了赵敏，既得到了宝刀宝剑，又嫁祸成功。实际是推进了张赵二人的距离，帮助赵敏下定决心，让赵敏对张无忌倾吐衷肠。在痛苦和无奈之下，赵敏已下定决心，对张无忌生死相随。

赵敏低声道："你心中舍不得我，我什么都够了。管他什么元人汉人，我才不在乎呢。你是汉人，我也是汉人。你是蒙古人，我也是蒙古人。你心中想的尽是什么军国大事、华夷之分，什么兴亡盛衰、权势威名，无忌哥哥，我心中想的，可就只一个你。你是好人也罢，坏蛋也罢，对我都完全一样。"

赵姑娘为了那一份爱，放弃了家国，放弃了权位，甚至放弃了志向理想。她为了张无忌如此义无反顾，她为了张无忌失去了自己曾拥有的一切，值不值，该不该，管他别人怎样，只要自己认为值，那就是值！爱就需要牺牲，爱就需要放弃。

"殷姑娘不是我害的。你信也罢，不信也罢，我便是这句话。"可以想象当她说出这句话时，她是多么的勇决又是多么的辛酸，我为你付出了这么多，而你对我，依旧是怀疑和猜忌。她是一个少女，就算她再怎么了不起，也不过是一个少女而已，经不起如此的打击，可又有谁能体谅她、帮助她，她只能靠自己，靠自己争取，靠自己弥补。

第三次则是赵敏闹婚，这是二女的正面冲突，矛盾达到极点。周芷若打伤了赵敏，但赵敏却赢得了张无忌。

不知如何，张无忌此刻心中甚感喜乐，除了挂念谢逊安危之外，反觉比之将要与周芷若拜堂成亲那时更加平安舒畅。对于张无忌这种性格的人来说，只有经历一些事，才会深刻地体会到自己心中想要的，这时他已经体会到了，自己喜欢的就是赵敏。倘若不是急于要去营救义父，真的要放慢脚步，在这荒山野岭中就这么走上一辈子了。赵敏也板起了脸，正色道："罚你二人在世上做对快活夫妻，白头偕老，死后打入十八层地狱，万劫不得超生。"而这时的张赵两人开始说上了情话，赵敏终于听到了意中人对自己缠绵温存，两人的感情更上一层楼。

最后一次较量，少林寺外周芷若实是最后一搏，没想到却搏出了张无忌对赵敏的山盟海誓。张无忌道："不错。我今日寻她不见，恨不得自己死了才好。要是从此不能见她，我性命也是活不久长。要是我这一生再不能见到赵姑娘，我是宁可死了的好。这样的心意，我以前对旁人从未有过。总而言之，上天下地，我也非寻着她不可。"这些话能从优柔寡断的张无忌口中说出，当真是不容易，得需要多大的勇气啊！

张赵二人的另一条爱情主线就是在小酒馆的三次交谈。第一次是赵敏相约，那时的二人站在敌对的立场上，然而，张无忌却能将埋藏在心中的话毫无保留地对赵敏说出，这恐怕就是冥冥之中，自有天意。

第二次是在去灵蛇岛之前，两人相约。赵敏非但不恼怒张无忌救走了六大门派的人，反而祝贺他声望日隆，赵敏已经能为张无忌着想了。

第三次是不期而遇，张无忌心底体会到了她一番柔情深意。赵敏黯然道："只恨，只恨我生在蒙古王家，做了你的对头⋯⋯这次的相遇是赵敏内心的独白，读之不禁令人泪下。那日我冷笑两声，她一报还一报，也来冷笑两声。可是⋯⋯可是你却没跟我说过半句教我欢喜的话儿。你自己手背上的伤疤也去不了，能除去我心上的伤疤吗？"有意思的是新修版的这处，金庸将周芷若的内心思想删去了，而在原先版本中，这处对周芷若有着精彩的描写，这样做也是为了突出赵敏，弱化周芷若。

　　张三丰的六字评语，可以说是张赵爱情的评语，也可以是全书结束的评语——好，好！难得，难得！

六、《神雕侠侣》：问世间，情为何物？

《神雕侠侣》是射雕三部曲中的承前启后之作，历来被人们称作一部"情书"。它将射雕中的人物形象进一步深入描写，让读者进一步了解金庸笔下的这些江湖豪侠。《神雕侠侣》重点描写了人世间那些莫名其妙而又皆有其因的情爱，是一部情义双绝的伟大作品。

一见杨过误终生，一事能狂便少年。杨过的身上具有一股奔放的力量和无畏的执着，他行事的任性更像是一种潇洒。也许十六年前的杨过还使人对他的偏激感到厌恶，那么十六年后的杨过就只有令人拍手叫好了；也许十六年前的小龙女是那么高洁无尘、令人敬而远之，那么十六年后的小龙女就更具有人间烟火了。恐怕正是这十六年，使天残地缺变成了天作之合，这十六年当真非同一般。

问世间，情为何物，直教人生死相许。既然写情，便以情说。

风月无情人暗换

障情——李莫愁

"隐隐歌声归棹远,离愁引着江南岸。"

蒙蒙湖面上,越女采莲,欢意唱悲歌;习习晚风下,道姑悄立,芳心丝争乱。

唱歌的少女浑不知词中伤心惆怅之苦,而听歌的道姑只懂得其中的甜苦,而不懂其中的因果自然。

李莫愁一生未能"离愁",也可算是一个痴情人物了。但痴情人物大都是悲剧的——给别人造成悲剧,使自己成为悲剧。

她因为火热的爱情而抛弃古墓,因为陆展元的移情别恋而怒火中烧,因为陆家庄的一把火而走上不归之路,最终也随着绝情谷的一把火烟消云散。

她因火而生,因火而重燃心中之怨毒;因火而死,奈何死生随火不随缘,悲夫!

李莫愁是个痴情人,如果不痴情,她也不会所到之处尽皆吟诵"问世间,情是何物,直教人生死相许"的词句;如果不痴情,她也不会睹物思人,让武功平平的陆立鼎接去那么多招。

李莫愁是个失情人,她因为痴情未得善果,从而变得无情。她开始迁怒无辜,报复社会:何老拳师的灭门之祸,沅江之上的舟毁人亡,都是她心中荼毒的扩散和感情的丧失。武三通的一声"李姑娘",使她回忆起了当年的风光旖旎、柔情蜜意,也因此加深了她的无穷怨毒。

六、《神雕侠侣》：问世间，情为何物？

每当她回想起一次以前的甜蜜时，都会加深心中的一丝怨毒。往事不堪回首，却又有许多人非要提起那不堪回首的往事。陆立鼎本以为锦帕能救女儿一命，殊不知李莫愁见了锦帕，更增内心怨毒。

李莫愁是个伤情人，她由被人所伤而变为自伤——

李莫愁心中一凛，自知难敌，又想他夫妇同闯江湖，互相扶持，自己却是孤零零的一人，登觉万念俱灰，叹了一口长气。

李莫愁不是害怕郭靖夫妇武功高绝，而是看见他们夫妇共同进退，自己却是孤身一人，从而万念俱灰，那一声叹气中蕴含着多少悲凉，多少辛酸。

李莫愁是个薄情人，知道孙婆婆已死，非但不伤悲反而面有喜色；来到恩师棺前，只是心中微感哀伤，随即转为愤怒，竟不向恩师跪拜。她为何如此？只因她心中的恨盖过了爱，师父的偏心，情郎的背叛，使她不再相信这个世界，使她痛恨这个世界，然而她不自己想想，为何会变成这样？

是她先背弃了师父的嘱托，离开了古墓，才没有得到师父真传。虽然陆展元对李莫愁应负极大责任，然而李莫愁也不是没有责任，爱情这东西本来就很奇怪。只可惜对于一个受到了感情极大摧残的人来说，一切都是别人的错，这种人是不会和你讲理的，他们的怨毒已经压制了理智。

李莫愁是个羡情人，也是个妒情人。她对杨过、小龙女的爱情是非常艳羡的，但这种艳羡只能愈发激起她心中的妒念，从而对两人下杀手。她在一开始得知杨龙挚爱的时候，

187

恐怕就已经起了杀之而后快的毒念了。她恨薄情郎，因为她怨；她恨痴情郎，因为她妒。她的感情已经扭曲了，在她看来，无情者得死，有情者也得死，这便是李莫愁为情所障的表现。

李莫愁是个多情人，而这多情正是她矛盾心理的体现。她为情所困，被情所障，因此不妨称之为障情人。当她听见杨过和程英琴箫合奏时，不禁想起了当年和陆展元在一起时的快乐时光。当年的琴瑟在御、莫不静好，如今的形单影只、落寞失情，不禁使她放声大哭，愁尽惨极，而正是这极度悲伤使她走向了极端，她恨陆展元，也恨全天下幸福快乐的人。

突然之间，李莫愁将两片锦帕扯成四截，说道："往事已矣，夫复何言？"双手一阵急扯，往空抛出，锦帕碎片有如梨花乱落。

扯碎了手帕，就能彻底忘记当年的情爱吗？

当然不能，表面上李莫愁断绝了过往相思之愁，可在其内心深处是剪不断、理还乱，也是如此，才使她不断作恶。

李莫愁道："快弹几声凄伤之音！世间大苦，活着有何乐趣？"

李莫愁对世间充满了绝望，在她眼里世间皆苦，世人也皆应痛苦。己所不欲，必施于人，这恐怕就是李莫愁一生的信条，恐怕也是李莫愁在失情痛苦之余还没自尽的精神支撑。她要让世人都尝尝这痛苦，她要把自己身上的痛苦加诸别人，因此她对玉女心经有着强烈的追求，因为自己本事越大，就越能让别人痛苦。

孟子说，人性本善，当真是没错。像李莫愁这样的大魔头因为情障而变得暴虐，但当她遇到可爱的小郭襄时，压制在心底的善良就体现了出来。一个愁眉苦脸的魔头竟然眉开眼笑，一柄杀人无数的拂尘竟然为其驱赶蚊虫。

李莫愁脸上充满温柔之色，口中低声哼着歌儿，一手轻拍，抱起婴儿……李莫愁忙做个手势，命他不可大声惊醒了孩子。

这是人类与生俱来的力量，这力量足以化除戾气，使人回复本善。而一个刚出生的婴儿，正是人性最浓的时候，这便是道家所谓的回归淳朴。

四下花香浮动，和风拂衣，杀气尽消，人兽相安。

好一片安宁和平的景象，可惜，这只能是个短暂的泡影，只能是个美好的希冀。

杨过见她凝望着婴儿，脸上有时微笑，有时愁苦，忽而激动，忽而平和，想是心中正自思潮起伏，念起生平之事。杨过想她行事如此狠毒偏激，必因经历过一番极大的困苦，自己一直恨她恼她，此时不由得微生怜悯之意。

这时的李莫愁自然是感慨万千，她会想：如果陆展元和自己结成鸳盟，两人也一定会有这么一个可爱的小娃娃，那是多么美妙的生活啊，自己也不会像如今这样被视为江湖公敌。可是现在一切都不可能了，陆展元背弃了自己，自己也杀人无数，一切的美好都被这残酷的现实冲刷去了。

小说中对李莫愁的性格解释非常清楚——李莫愁自夺得郭襄后一直隐居深山，弄儿为乐，她一生作恶多端，却也不是天性歹毒，只是情场失意后愤世嫉俗，由恼恨伤痛而乖僻，更自乖僻为狠戾残暴。郭襄娇美可爱，竟打动了她天生的母性，有时中夜自思，即使小龙女用"玉女心经"来换，也未必肯把郭襄交还。

如果小郭襄多在李莫愁手里一段时间，那么李莫愁会不会弃恶从善呢？即使不会，也大可化去她身上大半戾气，毕竟让一个心灵受到极大创伤的人恢复正常是需要时间的。就凭李莫愁在自己与小郭襄的谁生谁死的艰难抉择中就可以看出，她的邪恶已被小郭襄化去了不少。

蒙古人的一把大火，棺中的死生变化，使她原本被小郭襄化去的戾气又重新喷薄而出——

她闭在棺中虽还不到一个时辰，但这番注定要在棺中活生生闷毙的滋味，实是人生最苦最惨的处境，在这短短的时刻之中，她咬牙切齿，恨极了世上每一个还活着的人，心中只想："我死后必成厉鬼，要害死杨过，害死小龙女，害死武三通，害死黄蓉……"不论是谁，她都要一一害死。后来她虽然侥幸逃得性命，心中积蓄的怨毒却是丝毫不减。

也就是在这时，出现了两种不同的境界，小龙女和杨过是自己不幸，让别人快乐不也是很好吗？李莫愁是自己不幸，就要让天下人也都不幸，其障情可谓深矣。直到后来她的怨毒越重，反而越有求生欲，也更加心狠手辣，为了逃命不惜害死了自己唯一的弟子和亲人洪凌波，而自己终难逃万刺穿身之苦。

正如黄蓉所说："是啊，早就迟了。其实，这情花之毒，你中不中都是一样。"李莫愁瞪视着她，黄蓉叹道："你早就中了痴情之毒，胡作非为，害人害己，到这时候，早就迟了。"这是至理名言，可惜李莫愁依旧认识不到，悲矣！

"情之为物，有时固然极美，有时却也极丑，便如你师姊（李莫愁）一般。春花早谢，尖刺却仍能致人死命。"

在杨过眼里，李莫愁的爱情是丑的，是能致人死命的。直到死，她也不能放下仇恨，将陆展元、何沅君的骨灰一撒华山巅，一撒东海中，使其生生世世难相见；直到死，她还是没有醒悟，她只知道别人对不起她，却不知道别人为什么对不起她。

李莫愁淡然道："我一生杀人不计其数，倘若人人要来报仇，我有多少性命来赔？便算是千仇万冤，我终究也不过是一条性命而已。"

她对杀人淡然，对别人报仇淡然，甚至对死也淡然，实际她的生命早就淡然了，无所谓了。自从她堕入情障的那一天起，她的生命就没意义了。

只见她霎时间衣衫着火，红焰火舌，飞舞身周，但她站直了身子，竟是动也不动。李莫愁挺立在熊熊烈火之中，竟是绝不理会。瞬息之间，火焰已将她全身裹住。突然火中传出一阵凄厉的歌声："问世间，情是何物，直教以身相许？天南地北……"唱到这里，声若游丝，悄然而绝。

李莫愁死了，大魔头死了，但她真的那么可恨吗？有人恨她吗？她杀了那么多人就不该恨吗？

小龙女流下了清泪，陆无双、程英也无欢喜之情，黄蓉举着郭襄的小手向这大魔头挥了一挥……没有人拍手称快，没有人大喊痛快，有的只是思之恻然，摇头叹息……

癫情——武三通

武三通这个人有"三不通"，身有名师而不知听从，家有贤妻而垂涎义女，兄弟相阋而无所劝阻。要不是最后幡然醒悟，为守护襄阳做了贡献，那就一无可取了。

且看此人出场——

在那道姑身后十余丈处，一个青袍长须的老者也是一样直立不动，只有当"风月无情人暗换，旧游如梦空肠断"那两句传到之时，发出一声极轻极轻的叹息。

这是在李莫愁身后，给了个第二镜头，无论是从行事偏激，还是中毒深浅来说，武三通都是排在李莫愁之后的。他虽然为情爱而发狂发癫，但始终不乱杀无辜，最后也幡然悔悟，其中毒程度自然比李莫愁要浅得多，因此震撼力和复杂程度也逊色不少。

那人满头乱发，胡须也是蓬蓬松松如刺猬一般，须发油光乌黑，照说年纪不大，可是满脸皱纹深陷，却似七八十岁老翁，身穿蓝布直缀，颈中挂着个婴儿所用的锦缎围涎，围涎上绣着幅花猫扑蝶图，已然陈旧破烂。

可见十余年来武三通不断折磨自己，这也是他与李莫愁的不同，李莫愁是折磨别人，而他只是折磨自己罢了。

武三通吃莲蓬一段比较有意思，以莲子喻爱情：

直接生吞，奇苦无比，不深入的爱情、一时冲动的爱情最终只能是苦涩的结局；

劈开莲房，撕去青皮，清甜怡人，懂得爱情真谛，深深

六、《神雕侠侣》：问世间，情为何物？

了解爱情，才能真正尝到爱情的甜蜜；

可惜武三通并不懂，对于清甜的莲子，他不过是"一阵乱嚼"，丝毫不解其中味。

想拔树却弄断了树，想掌击陆立鼎却使自己鲜血淋漓，对于武三通，他也深知如此行径实是不该，但他想摆脱却始终摆脱不掉。

说到武三通的不肖，就要说到一个伟大的女性了，那就是武三娘。武三通对何沅君的痴恋不知不觉地伤害了一个无辜女人——武三娘。她的丈夫思念着义女，这对她来说是何等耻辱。但她依旧承担起了一切，为武三通收拾烂摊子。当陆立鼎责骂武三通时，是她唯唯诺诺，承担了骂名；当陆立鼎询问其中缘由时，是她保全了丈夫的面子，为了替丈夫赎罪力斗李莫愁，为了救那个一点不爱自己的丈夫，她付出了生命的代价。

武娘子的死本来应该唤醒武三通，没想到他反而更加癫狂了。但看武三通大战李莫愁，那是两个中了情障的人的较量，一个是怨毒而清晰，一个是迷惘而疯癫，当真各有千秋，无可救药。

还好后来武三通谨记亡妻的话，以二子为念，心有所念则疯病渐渐好了，又有杨过帮助救了二子性命。看着儿子长大成人，足慰老怀，估计此人的晚景应当不差，而改变拯救他的当以武娘子和杨过居功至伟。

193

一见杨过误终身

无言温情——程英

程英和陆无双两姐妹都是有情人,但一个外张,一个内敛。如果说陆无双是热情,那程英就是温情了。在二人小时,曾同被武三通掳走过,就通过当时二人的反应便可以看出二人的性情。在当时,陆无双是大叫大嚷,脸吓得惨白,纵声哈哈大笑;而程英是默不作声,脸涨得通红,泪水夺眶而出。可见程英坚韧温婉,连黄蓉都说她是"外和内刚"。

后来的程英就变得神秘起来,第一次出现是在救陆无双时,曾向杨过报信,当时她已是黄药师高徒,始终戴着面具,使杨过只闻其声不见其真容,只感受到她的谦虚诚恳和温婉和顺,而不知她的美丽。

这种安排颇为巧妙,因为程英是内敛的,重在她的气质描写,所以作者让她的内在先体现出来,符合她的温情特点;而陆无双是外热型,所以就不用这么麻烦,直接出场便可,可见作者之巧妙安排。

第二次出现是解救杨过,使其免遭金轮法王之害。这次出现救了杨过仍没有显出真容,杨过在黑暗和昏迷中只能感受到她闪闪发光的眸子,对于其他仍是一片茫然,这回是只见其眼而不见其貌。

程英给人的感觉有几分飘逸潇洒,又有几分亲近神圣,可以说是小说中除了小龙女外,最令杨过倾心的人了。杨过只和她说了几句话,就有了一种奇妙的感觉——令人既安心,又愉悦,但觉和她相处,一切全是宁静平和,这正是程英的温情力量。

六、《神雕侠侣》：问世间，情为何物？

杨过虽然和陆无双说得来，却是衷心敬服程英的，这可能就是柔能胜刚吧。程英的温情正好弥补了杨过激进偏激的性格缺陷，给了他安慰和祝福。程英虽然小于杨过，但对于杨过来说，她就像是姐姐甚至像母亲，给予了杨过少年时期所有缺少的感情。如果杨过的性格定格在此，那程英就是他的良配了。

一件新袍，一篮粽子，一句"既见君子，云胡不喜"，无不体现出她对杨过的深深爱意，只不过这爱意深藏心中没有体现出来罢了，就算是在箫声中，她也把这感情隐藏起来。

因此她只能自伤自怜、自言自语，程英的神秘由陆无双来打破，陆无双揭下了她的神秘面具，却揭不穿程英内心的芳心可可。在李莫愁来临的生死关头，两姐妹都惦记着杨过的安危，将自己的半截手帕给了杨过，将这温情和热情都给了杨过。

第三次见面则是在绝情谷中，杨过出手救了两姐妹。在她们眼中，世间只有一个杨过，绝情谷中的一切都不重要，在平常时杨过与陆无双很说得来；在关键时刻，程英却是更令他心折，报父仇时、欲殉情时，都是程英救了他，程英对他的感情与后来的郭襄有几分相似。

她一面说，一面折了一枝桃花，拿着把玩，低吟道："问花花不语，为谁落？为谁开？算春色三分，半随流水，半入尘埃。"

花自飘零水自流，几处闲愁？程英的一生恐怕也不会比郭襄好过多少，十年好儿女，难脱相思意。最后在华山之巅，三人执手相别，虽然没有之前细腻的描写，但此时无声胜有声，令人泪雨凝噎。

献身绝情——公孙绿萼

在杨过的红颜知己中，公孙绿萼是最感人的，也是最令人心痛的。为了杨过，她不惜解衣向父亲证明没拿解药；为了杨过不惜扑入情花丛中，忍受万刺穿身之痛；为了杨过不惜昂首向剑，香消玉殒。

她为杨过付出生命，也为杨过感受生命。她是柔弱的，因为她对杨过尽是柔情蜜意；她也是坚毅的，因为她为杨过决然赴死。在亲情上，她是失败者，因为她有着心理扭曲的父母；在爱情上，她绝不是失败者，因为她已懂得什么是真正的爱。就像书中所说："单相思的爱，有时不亚于两情相悦。"

绝情谷中偏偏长满情花，情花害人偏偏有人碰她。情花似爱，先甘后苦，情树似爱，尖刺满布，醉人如酒，伤人无形。

情花先甘后苦——入口香甜，芳甘似蜜，更微有醺醺然的酒气，正感心神俱畅，但嚼了几下，却有一股苦涩的味道，要待吐出，似觉不舍，要吞入肚内，又有点难以下咽。初入爱情的人不免沉醉于一时的甜蜜温馨，而这份冲动与热情减退后，就会领悟到其中的痛苦。原来，爱情并没有想象中的好，但若要挥慧剑斩断旧情缘，却也颇有不舍。

情树遍身是刺——也细看花树，见枝叶上生满小刺，岂知花朵背后又隐藏着小刺，还是将手指刺损了。爱情伤人于无形，而伤人的大都是爱情华丽背后的痛苦与鲜为人知的苦衷。

六、《神雕侠侣》：问世间，情为何物？

情果大多苦涩——但见果子或青或红，有的青红相杂，还生着茸茸细毛。杨过道："那情花何等美丽，结的果实却这么难看。"女郎道："情花的果实是吃不得的，有的酸，有的辣，有的更加臭气难闻，中人欲呕。只是从果子的外皮上却瞧不出来，有些长得极丑怪的，味道倒甜，可是难看的又未必一定甜，只有亲口试了才知。十个果子九个苦，因此大家从来不去吃它。"

绿萼在与杨过讨论情花时，逐渐与杨过拉近距离，她这十几年的清修随着见到杨过而付诸流水。在与杨过的谈话中，使她感觉到前所未有的快乐。她为了杨过，变得坚强了，虽是单相思，却生死以之，令人感动无已。当她看见杨过与她共同坠入深谷中，她不禁大慰，既为杨过不抛弃她而慰，也为能和杨过共死而慰，她对杨过真是生死以之。

当她看到杨过与小龙女，以及程英、陆无双对杨过的感情后，本有的一点念想也破灭了。她只觉万念俱灰，心中反复念着不想活了，但她听见父亲的阴谋后却又吓得逃开，这不仅是人类的本能，也是她对杨过的爱已超越了她对自己生命的热爱。

"十余年来小心趋避之物，想不到今日自行引刺入体，心中这番痛楚却更深了一层。"这番痛楚是快乐、欣慰还是无奈、痛苦，是自伤自怜还是悲痛欲绝，她眼光中充满了对杨过的"无限深情，无限焦虑"，而读者心中充满了对她的"无限同情，无限怜悯"，她是这部书中最值得同情的，也是最值得敬佩的，也许还是最幸运的。

197

莫名之情——郭芙

郭大小姐由于母亲过分的溺爱，娇生惯养，高傲跋扈，好像公主一样，似乎全天下人都得顺着自己，又希望全天下人都拜倒在自己脚下。从小时一出场就是"神气凛然"，似乎有不可侵犯之威。

她和杨过犹如同一面镜子的两面，都是极其高傲的人，然而一个家世显赫，一个背景凄凉，前者孕育出了趾高气扬的纨绔之人，后者磨砺出了生性偏激的决绝之人。当这么两个人遇上时，自然水火不容。谁都不会让步，因此才会有两人在桃花岛上因为一些孩子玩时的小事而闹得天翻地覆，但这是孩子间的吵闹，谁都不会耿耿于怀，两人本来是有机会和好的。

见他身穿蒙古装束，戴了面具后又是容貌怪异，不由得双蛾微蹙，神色间颇有鄙夷之意。杨过自幼与她不睦，此番重逢，见她仍是憎恶自己，自卑自伤之心更加强了，心道："你瞧我不起，难道我就非要你瞧得起不可？"

再次相逢，两人并没有正式见面，但心里的隔阂却愈发凸出，这也为后面二人矛盾升级做了铺垫。郭芙是见到蒙古服饰心生厌恶，见到人家相貌怪异就心生鄙夷，偏巧杨过也是个多心的，所以又一次莫名其妙地造成了两人的隔阂。

第三次见面是在英雄大会上，郭芙对于杨过是心存怜悯和好奇之心。她将武氏兄弟玩弄于股掌之中，也想用同样手段使杨过拜倒在她裙下。然而她喜欢陪在杨过身边不仅是好奇，而是连她自己都不知道的"莫名之情"。

她在杨过面前不由自主地说出了女儿家的心事，可见两人之间是可以亲密交谈的，只可惜，他们在性格上有着不可调和的矛盾。一个凛然不可犯，一个飞扬跳脱，二人起初说话还很投机，说着说着也就必然会发生争吵。再到后来，郭芙斩断杨过一臂，又将小龙女弄得毒入五脏，使杨过和小龙女天残地缺，二人之间自此有了不可弥合的裂痕。

如果说郭襄是杨过、小龙女爱情的见证者，那么郭芙就是杨过、小龙女爱情的推动者和破坏者。姐妹俩一个爱极了杨过，一个似乎恨极了杨过，但其实殊途同归，只不过一个因爱生爱，一个因爱生恨。

郭芙恨杨过吗？不恨。她爱杨过，而且很爱。但她的爱是片面的爱，是自私的爱，她要的是杨过对她的让步，她不懂得爱是双方的让步。杨过为了小龙女宁可压着自己的性子永远待在古墓中，杨过为小龙女让步了；小龙女为了杨过，放弃多年修为和他同游江湖，小龙女为杨过让步了。

直到最后，当耶律齐深陷重围时，两人终于都做出了让步。郭芙向杨过跪了下来，杨过向郭芙赔礼道歉，两人终于和解了。

郭芙一呆，儿时的种种往事，霎时之间如电光石火般在心头一闪而过："我难道讨厌他吗？武氏兄弟一直拼命向讨我的喜欢，可是他却从来不理我。只要他稍为顺着我一点儿，我便为他死了，也所甘愿。我为什么老是这般没来由的恨他？只因我暗暗想着他，念着他，但他竟没半点将我放在心上？"

文中虽然都是问句，但每一句都是对过往两人关系的解释。郭芙的一生什么都不缺了，唯一缺的就是杨过对她的爱，这是她一辈子的遗憾，无法弥补的遗憾。竟连自己也不明白，原来这一生最热切得到的是杨过的爱，内心最爱的人竟然是她表面上最恨的人。

难为之情——郭襄

郭襄向来被视为杨过、小龙女爱情的见证者，这其实很片面，郭襄应该是整部书爱情的见证者。

一生下来就被李莫愁、金轮法王、杨过三人争来争去，而李莫愁却被小郭襄唤起了心底的善念和母性。感化了一个大魔头，最后见证了李莫愁的因情焚身。

金轮国师见了郭襄，甚至将国家间的对立暂时放在一边，一心要收她为徒，对她犹如慈父一般，郭襄唤起了金轮的爱才之念。

郭襄的真正出现是在小说的第二部分，她的出现是一个新开端，全书的格调变了，主人公的性格和境界也变了，整部书进入了一个新阶段。而在这个阶段，郭襄对杨过的"难为之情"压倒了其他的情，其精彩不亚于杨龙绝恋。

婴儿时的郭襄便已经历了这世间的许多，经历了襄阳城大战时的惊心动魄，经历了绝情谷中的人世真情，经历了古墓中天残地缺的旷世绝恋……她见证了这一幕幕，恐怕这人世间的冷暖就已经深深印在她的脑海中了。

郭襄和杨过从小就结下了缘，杨过在从金轮国师手中夺回郭襄时，心中就产生了异样的感觉："我此刻为她死拼，若是天幸救得她性命，七日之后我便死了，日后她长到她姊

六、《神雕侠侣》：问世间，情为何物？

姊那般年纪，不知可会记得我否？"

这就是缘起。

风陵渡口，听着神雕侠的英雄事迹，小郭襄不禁神往。敬佩而好奇，由好奇而心生爱慕，而终止于深深的敬爱与信任。

在郭襄未见杨过时，杨过在她心中是个美好的念想，而两人结识之后，杨过仍是她可望而不可即的念想。两人只凭借眼光的交流，就已经了解了对方。如果说在未见之前，郭襄只不过是一时的少女怀春，那么在见面之后，郭襄就是深深爱慕杨过了，这是理智而奇妙的感觉。

郭襄对杨过的情感始终是纯洁的爱慕之情，她喊杨过为"大哥哥"，这其中蕴含了深情无限，而杨过也已早就把她当作了小妹子。她与杨过不过是初见，竟然会相识如此之深，似乎是多年挚友。可见郭襄这个人确是心有灵通，意与神合，在初次相会时便有"相识之日无多，多一刻便好一刻"之感，而她的感觉竟如此准确。这种感觉是郭襄一生的感觉，从一开始她就已经隐隐感到了自己与杨过之间的微妙关系，可望而不可得的难为之情。

郭襄和杨过是互相感染的，她被杨过的痴情感动了，使她懂得真正的相思之苦——郭襄从不知相思之深，竟有若斯苦法，不由得怔怔地流下两行清泪，握住杨过的手，柔声道："老天爷保佑，你终能再和她相见。"

这两横清泪既为杨过而流，也为自己而流，而杨过也为郭襄这真挚的祝福所感动。十余年来，第一次有人说到了杨过的心坎里，这令杨过大起知己之感，因而终身感激。郭襄的真性情以及对爱情的深刻理解，不仅解开了杨过的心结，也打开了周伯通的心结，间接地化解了裘千仞和瑛姑的仇怨。

郭襄并没有太多的人生阅历，但却对情字有着特别深的了解，可见，有着真性情的人对情的理解是异于常人的。

分手在即，芳心惆怅，清泪滴在酒杯中，化作一缕清泉，泉水东流，载不动许多愁。留恋、不舍、依赖还是真爱？三枚金针承载多少情仇，三世恩怨蕴含多少对错，英雄大会惊心动魄，郭襄小会情丝反侧，大会小会交织而回，最后由杨过使之融而为一。为郭襄祝寿，为襄阳立功，两件事就是一件事，两个会就是一个会，一个神雕大侠"为国为民为郭襄"的盛会！

当黄蓉对郭襄述及郭杨两家三代恩怨时，郭襄不仅理解杨过、小龙女，更一语道破杨康、穆念慈之间的爱情玄机——

郭襄道："妈，她也是没有法子啊。她既欢喜了杨叔叔，杨叔叔便有千般不是，她也要欢喜到底。"

连黄蓉都不得不佩服郭襄的灵光睿智，小小年纪竟能勘破世情，真不知是福是祸。

当金轮国师想教郭襄忘记烦恼的法门、挥慧剑斩情丝时，郭襄是不同意的。不错，人世间倘若没有烦恼，那还有什么意思？

她的烦恼就是对杨过的难为之情，但烦恼就烦恼，有了烦恼，同时也有了对杨过的思念，她愿用这一生烦恼换来一时思念，她心甘情愿却无怨无悔。

"没有了烦恼，也就没有了大哥哥"，烦恼恰恰是一种幸福与满足。

当杨过站在断肠崖前,龙女花漫天飞舞,断肠人黯然销魂,郭襄愿随杨过于地下,最后的一枚金针,永恒的真情祝愿,郭襄救下了杨过。当郭襄被绑在高台上时,三次邂逅慰平生,一缕相思难为空,神驰深谷,追忆往事,一声长啸,两种人生,杨过又救下了郭襄。

不求爱意绵绵,但求永伴君边,帝王亦有难为事,人间本无极乐时,金针虽然用完了,但真情却用之无尽。三枚金针换来了一世的感激与呵护,望着杨龙远去的背影,郭襄只能是轻轻吟着:"秋风清,秋风明;落叶聚还散,寒鸦栖复惊。相思相见知何日,此时此夜难为情。"

人有千面,情有千种

林朝英、王重阳之隐情

王重阳和林朝英的爱情,由"柔情高义"而起,以"情天长恨"而终,自始至终皆由一个"隐"字。

林朝英腼腆娇羞,难以直言爱慕之情,王重阳知道林朝英之意却以"匈奴未灭,何以家为"为由,尽量克制心中的爱意。林朝英至死没有吐露情义,王重阳也只有在意中人死后才痛诉衷肠。不能成为眷侣,又被二人归结成无缘,而实际上这一爱情悲剧是由两人的争强好胜造成的。林朝英想要通过压服王重阳来使他爱自己,但适得其反,王重阳就是不甘为女人压下去,才极力压制心中的那一份情,都是好胜惹的祸啊!

直到林朝英死后十年，王重阳仍刻下"重阳一生，不输于人"的话。林朝英为王重阳画了两幅画像，正面的留在重阳宫，背面的留在古墓。这是不是意味着什么？

王重阳就像这两幅画一样，有正面的抗击异族入侵的重阳祖师，也有心胸不够宽广、辜负了人家的王重阳，而这两点，也许就是他拒绝林朝英的原因了。

值得欣慰的是，多年后两人的传人完成了两人未竟的事业，弥补了当年的缺陷。杨过和小龙女在重阳祖师面前结拜为夫妇，在祖师婆婆面前洞房花烛，两人在天之灵都见证了这感天动地的一幕。杨龙二人正好性格中弥补了当年王林两人的性格缺点，使这未尽的爱情事业得以延续并获得了好的结局。

公孙止之贪情 & 裘千尺之恨情

公孙止在裘千尺的多年压迫下，情感世界早就已经畸形了，只不过他多年山谷幽居，练就了一些压抑功夫，平时还能够装作君子，一旦情欲的贪婪被打开，那就一发不可收拾，所有丑恶的行为暴露无遗。

公孙止根本不懂爱，他只是想占有，只是想满足内心的贪欲。他贪恋小龙女的美色，所以想霸占小龙女。公孙止不会把握情，如果这个情没有外界的干扰，也许他还会正常地为情活下去，而一旦这个情受到了外界的干扰，那就会把他的情引入歧路。他对柔儿是多么的柔情蜜意，可当这个情遭到裘千尺的干扰后，他就亲手杀了柔儿，最可恶的是他还欺骗了柔儿；他对小龙女衷心爱慕，可当遭到杨过的阻挠时，就心怀不轨,他的占有欲迸发了。

我纵然得不了你的心,也须得到你的人。转过头来,咬牙切齿地瞧着小龙女,心道:"你的心不给我,身子定须给我。你活着不肯跟我成亲,你死了我也要跟你成亲。"

这时的公孙止已经是心理变态了,后来裘千尺又出现了,干扰公孙止的外力又增加了,从而激得他进入了"半疯之境"——公孙止望望裘千尺,又望望小龙女和杨过,眼光在三人脸上扫了一转,心中妒恨、情欲、愤怒、懊悔、失望、羞愧,诸般激情纷扰纠结。但这三十六日之中,也要叫她成为自己妻室。心中越想越邪,手上的倒乱刃法却越来越是猛恶。

经此一事,公孙止更加堕落了,后来强抢完颜萍、耶律燕,又和李莫愁勾结,简直变成了采花淫贼。为了贪欲,连自己女儿都能害,骂他一句"丧心病狂"想来也不过分。

公孙止与裘千尺由原来的恩爱夫妻,到头来成了欲杀对方而后快的仇人,其原因很简单,就是妻子管束丈夫太严,触犯了他的大丈夫尊严。

丈夫,丈夫,有一丈才能成夫,这个距离还是要有的。

裘千尺起初不懂这个道理,过分的管束导致公孙止起了反叛之心。他不想在高压下生活,他需要一个做真正男人的机会,因此公孙止才会去和那个什么都听他的柔儿在一起。公孙止在这个高压政策下,已不是正常的男人,而是变成了对爱情贪欲很强的人;裘千尺入魔更深,她自己认为之所以这样是因为她对丈夫的管理还不够严格,而她的复仇心理也太强太强。

她完全没有体验过真正的爱情，以至于对杨过、小龙女的爱情充满了羡慕和嫉妒。虽然看见了人间有真情，但由于仇恨的蒙蔽，使她"视而不见"。她眼中都是恨，心中只有仇，当一个人心中没了爱做支撑时，那她心中就会被恨所充斥，用来弥补虚空的心灵。因此她不仅要找公孙止报仇，还要找郭靖、黄蓉报仇，而且还恩将仇报，凡此种种，皆由恨生。

两人的恩仇在生前是无法化解开了，那么就留到死后再去化解吧。最后两人一同粉身碎骨，你中有我，我中有你，再也分不开了。

不偏不倚话中情

在射雕中，郭靖、黄蓉的爱情是"至巧配至拙，竟也天成"。他们互补互助，弥补了对方性格中的不足。随着时间的推移，郭靖由原来的笨拙逐渐发展成了沉着厚重，原来的傻小子成长为一代大侠；而那个古灵精怪的蓉儿也成了一代女侠，她的灵气减退了，对世界人生的思考方式也大为改变。

然而这是必然的，她不仅有了丈夫，更有了儿女。原来心中只需装着父亲和丈夫，如今无论是家还是国都需要她担忧，一个女人要承担这么多，很是令人敬佩。我们不是黄蓉，感受不到她所承担的，更感受不到她的艰辛。

郭靖、黄蓉在神雕中的爱情被称作是"中情"，也就是中庸之情。当杨过和小龙女的爱情如长江般轰轰烈烈地上演时，郭黄的爱情却如波澜不惊的湖水一样缓缓流淌。夫妻两人几十年如一日，相敬如宾、互爱互敬，已经从年轻时那种热烈的感情，上升到了平稳而深刻的爱情。

六、《神雕侠侣》：问世间，情为何物？

两部书书写了他们人生不同的阶段，书写了一对英雄夫妇成长的过程。两人一出场便先声夺人——郭靖的啸声雄壮宏大，黄蓉的却是清亮高昂。两人的啸声交织在一起，有如一只大鹏、一只小鸟并肩齐飞，越飞越高，小鸟始终不落于大鹏之后。两人在桃花岛潜心苦修，内力已臻化境，双啸齐作，当真是回翔九天，声闻数里。

啸声正是他们爱情的见证，水乳交融，渐臻化境，使西毒辟易，赤练胆寒。夫妇平时有说有笑，遇到大事便严肃处理。英雄大会的再次出现，郭靖气度更加沉着，俨然大将风度，而黄蓉也更加容光焕发。黄蓉对郭靖是敬爱，郭靖对黄蓉也是敬爱，能做到这样的夫妇世间不知几人。

靖哥哥，我心中只有一个你，你心中也只有一个我。你总是说自己不成。靖哥哥，普天下男子之中，真没第二个胜得过你呢。

这是怎样的赞美？普天下最高的赞美！

黄蓉低声道："靖哥哥，襄阳城要紧，还是你我的情爱要紧？是你身子要紧，还是我的身子要紧？"郭靖放开了黄蓉的手，说道："对，国事为重！"

这是怎样的感情？全天下最高尚的感情！

郭靖手执长剑，在城头督师。黄蓉站在他身旁，眼见半边天布满红霞，景色瑰丽无伦，城下敌军飞骑奔驰，狰狞的面目隐隐可见，再看郭靖时，见他挺立城头，英风飒飒，心中不由得充满了说不尽的爱慕眷恋之意……一瞥眼，见郭靖左鬓上又多了几茎白发，不禁微增怜惜：敌兵猛攻一次，靖哥哥便多了几十根白发。

城下黑云压城，城上柔情蜜意；城下铁甲耀眼不在眼里，只有身旁丈夫的几缕白发却看在眼里、记在心间。

天残地缺，至情至性

初入古墓

杨过初入古墓和小龙女相见，那是水与火的融合，动与静的碰撞，外面世界和封闭世界的接触。

这一阶段的两人，是两个极端性格的冲突，这使得两人之间有着难以化解的矛盾。两人的性格互为极端，一个极偏激，一个极冷漠，互相慢慢融合，慢慢改变。小龙女渐渐有了喜怒哀乐，杨过心中也有了亲情温暖。

杨过对小龙女的印象是不断发展的，刚见面时，他看见小龙女的绝色容光觉得羞愧，又为她冷若冰雪的性子所震慑，继而感到害怕。这时的两人甚至能不能融洽相处都是个问题，更不用说互相爱慕了。然而孙婆婆却是个先知，不知是一句随口的嘱托，还是久历人世的经验，让她预测了杨过、小龙女的未来——"我求你照料他一生一世，你也照料她一生一世"。

小龙女练的是冷功，用她的话说是"谁也不爱，谁也不恨"，几乎没有喜怒哀乐。而杨过是一个充满活力的少年，从后来的发展来看，小龙女为杨过所影响，导致她有了七情六欲，这便是：杨过改变了小龙女。

小龙女虽对杨过率先产生了情意，可杨过只是朦胧感觉到而已,并不真正了解。此时的杨过只是把小龙女当作了自己的母亲或姐姐,所以最后只能不欢而散。

可以说,两人的爱情起步并不美丽,而造成不美丽的原因则是两人的性情。幸亏小龙女第一个遇到的情郎就是杨过,倘若她也遇到一个像陆展元那样的男人,结果就无法想象了,李莫愁不正是前车之鉴吗?

初出古墓

因为李莫愁的到来,杨过和小龙女不得不离开古墓,回到外面的世俗世界。这对于杨过自然是大喜跳跃,急不可待,而对于小龙女则是"又害怕又欢喜"。这时两人性格上的裂痕就出现了,而甄志丙(老版为尹志平)事件只不过是个导火索罢了。

就看两人结庐而居的小屋前种的东西,便可以窥见他们的分歧:杨过喜欢玫瑰茉莉,花香浓郁;小龙女喜欢清淡自然,青松野草。杨过已经完全沉浸在重见天日的喜悦中,而小龙女却深深陷入了担忧愁思。

换句话说,杨过已经忘记了小龙女,而小龙女从没忘记杨过,她一直在为两人的以后担忧。而杨过只有在小龙女离开之后,才感觉到茫茫天地,只身一人,才真正意识到小龙女对自己的重要性。

他早已爱上了小龙女,自己却茫然不知,只有在失去时才恍然大悟,原来两人竟是相爱至深。所以在杨过寻找小龙女时就变得特别痛苦急切,甚至有些魔障。在英雄大会上所表现出的旁若无人、傲视天下,也就不足为奇了。这是种发泄,也是种执着,更是种深沉的爱。

从普通平淡的言语上让人感动至深,从看似烦琐乏味的语言中透露出深意深情,金庸的功力已在桃谷六仙身上体现出来,也在杨过和小龙女身上体现出来。世纪新修版中添加的"一天想你几百次",对于年轻读者来说,无疑多了一些浪漫,一些甜蜜;就算是中年读者,当你一边读着想你几百次,一边回忆着和妻子的初恋,心中也一定大有感触。

对于这一阶段的感情,金庸竟然明确给出了解释,这就不如秘而不宣,让读者自己体味了。两人情意是不觉而发,离别时蓬勃而出,一个不理,一个不懂,无所畏惧,无所顾忌,然而又是如此纯洁,如此高贵。

杨过为博小龙女一笑,敢于挑战霍都等高手,小龙女为了杨过,视武林盟主为无物。就当两人隔阂渐消时,礼教却又硬生生地打击了二人,最终使小龙女选择再一次离开杨过。人生化境就这样被打破了,打破这化境的又是谁?

是礼教作祟?还是郭靖、黄蓉的一番苦心?

也许是天意,是上天要多磨砺这对恋人,也正是如此,作者才巧妙地设计了许多障碍来考验杨过。

不知大家有没有发现,杨过每寻找一次小龙女,都会遇到一位好姑娘,也就是上文提到过的那几位。每个人都是值得杨过爱的,她们也都爱杨过,但杨过心中只有一个小龙女。

绝人绝情

绝情谷是对二人生死以之爱情的一个考验,两人的爱情已上升到生死相随的境界。开始的小龙女还没有理解什么是真正的爱情,她以为自己嫁给公孙止,杨过就会一生喜乐。

殊不知，真正相爱的人就是要同乐同悲。因此当杨过中了情花毒之后，她也毫不犹豫地跳入情花丛中。此时她已懂得了什么是真正的爱，直到后来她的默默出走、留下十六年之约，都是这种爱情升华的体现。

在这其中有许多尖锐的比较，裘千尺夫妻和杨过小龙女的比较，金轮国师和杨龙的比较，名与利，何足道，只有爱最真。杨过和小龙女都是绝顶的人，他们的感情更是绝恋。

金轮法王、潇湘子、尹克西、全真五子、众弟子……众蒙古武士……人人一声不响，呆呆地望着这对小情人。在这段时光之中，谁也不想向他们动手，也是谁也不敢向他们动手。这就是绝顶的感情，不仅感天动地，亦能威慑敌人，不仅崇高伟大，又有凛然不可侵犯之气。

再看独孤求败的剑冢，武功的境界即是爱情的境界。

"凌厉刚猛，无坚不摧，弱冠前以之与河朔群雄争锋。"这是初恋情人的爱，热烈、奔放，一往无前的冲动。

"紫薇软剑，三十岁前所用，误伤义不祥，乃弃之深谷。"这个被抛弃的剑也就象征着李莫愁那样有着"情障"的爱情，也是爱情的误区，千万不要因爱生恨，陷溺其中。

"重剑无锋，大巧不工。四十岁前恃之横行天下。"这种爱情已经是真情了，真正的爱情应该无锋，互相不会伤害，看似平淡却爱意深远。杨过和小龙女的爱情已经达到了这个阶段，而杨过也恰恰选择了它作为兵刃。

"四十岁后，不滞于物，草木竹石均可为剑。自此精修，渐进于无剑胜有剑之境。"这种感情才是最绝顶的感情，也就是郭靖、黄蓉的感情，也是杨过、小龙女十六年再会时的感情，因为这种感情已经超越世俗，不滞于物。

天残地缺

杨过和小龙女在终南山的再次相见，便已是天残地缺：杨过手臂已断，小龙女贞洁已失。读者为之惋惜，甚至有些同情，其实大可不必，因为在两人心中，再次相见相拥已是充满甜蜜温馨，他们也不会喜欢我们的同情，只会喜欢我们真心的祝福。在他们眼里，天残地缺又怎样，唯一重要的是：我的心中有你，你的心中有我。

正因为他们自己有这样的情怀和感情，所以我们每个读者一定都不会去想二人的残缺，我们依然觉得他们的感情纯洁高尚，因为他们有高尚的心，只要有高尚的心，那不管你怎样残缺，也非真正的残缺。

天地本不全，可有人瞧不起这天地？

天地有大德，又何妨残缺；杨龙有真情，又何惧残缺？

蛋破生鸡，鸡大生蛋，既有其生，必有其死。谁能看破生死，谁能漠视生死，杨过不能，小龙女不能，一灯也不能，什么叫达观知命，无悔就是达观知命！

在全真教成亲，在古墓派洞房，王重阳、林朝英是见证，孙不二是见证，郭襄也是见证。两人的情感感动了已逝的林朝英，感动了眼前的孙不二，也感动了日后的郭襄。

"咱们不幸，那是命苦，让别人快快乐乐不是很好嘛"，这是仁者说的话，也只有仁者才说得出。

全书一开头，李莫愁就唱出"问世间情是何物"，到了三十二回真正点题，由主人公杨过亲口问出"情是何物"，也由杨过亲身回答，情是生死相许！

杨过等人最后亲手铲除了绝情谷中的情花，却铲除不掉他们内心的痴情。情花、情障皆已消失，只有人间真情还在，至此，《神雕侠侣》的第一部分正式完结。

寻寻觅觅

风陵渡是全书的分界点，在这之前杨过年少轻狂，之后扶危济困。人尚未出场，就已经借人之口说出杨过近年来的英雄事迹，高大形象深入脑海，大有先声夺人之势。一出场我们不禁疑问：这是杨过吗？似乎变得温文尔雅，谦恭守礼，少了些凌厉之气，多了些平和之气，此时的杨过不再是那个不通世事的小伙子，而是真大侠。

杨过一出泯恩仇，泯了自己的恩仇，也泯了别人的恩仇。西山一窟鬼和史家兄弟，瑛姑和裘千仞，周伯通和一灯，杨过对郭靖黄蓉的理解，以及黄蓉对杨过的理解和反省，郭家和杨家的三世情仇……

对于后期的杨过，每个人都应该佩服，他虽然还不及郭靖，但正如柯镇恶所说："你之不肖，远胜于他人之肖了。"

十六年的等待，既磨磨炼了杨过、小龙女之间的感情，也磨炼了杨过的性情与品格。一往情深的爱情，一事能狂的任性，仍旧深深刻在了骨子里。

悄立山巅，四顾苍茫，但觉寒气侵体，暮色逼人而来，站了一个多时辰，竟是一动也不动。再过多时，半轮月亮慢慢移到中天，不但这一天已经过去，连这一夜也快过去了。

小龙女始终没有来。

此时的杨过万念俱灰，鬓白如霜，正如黄蓉所说："过儿一生孤苦，活了三十多岁也没过几天快乐日子。"如果小说就此而止，那会成就一部伟大的作品，也许震撼力会更大，艺术成就会更高，但读者和作者都会悲伤不已，这是每个有情感的人都不愿意看到的。没有人喜欢悲剧，就像没有人喜欢暴力，虽然它无时无刻不在改变着世人，但世人也无时无刻不在避免着它。

谷底重生

十六年太长，只争朝夕。

十六年后的谷底重逢是真是幻，是偶然还是必然？

金庸说："看似偶然，实则必然。杨过如果不一往情深，就不会跳入谷底殉情，小龙女不是在古墓中修炼过，也不能独自一人生活在谷底这么多年，这一切正是冥冥之中，自有天意。"

谷底再见这一幕的描写堪称精彩，不缓不急，时动时静，正是杨过和小龙女性格的再融合（杨过是动，小龙女是静）。而在这过程中，杨过是顺着小龙女的，就在这一刻，崭新的杨过和小龙女即将塑造成，天残地缺，变成了天作之合。

静：忽觉得一只柔软的手轻轻抚着他的头发，柔声问道："过儿，什么事不痛快了？"

动：两人呆立半响，"啊"的一声轻呼，搂抱在一起。燕燕轻盈，莺莺娇软，是耶非耶？是真是幻？

静：两人索性便不说话，只是相对微笑。

动：杨过到后来热血如沸，拉着小龙女的手，奔到屋外，说道："龙儿，我好快活。"猛然跃起，跳到一棵大树之上，连翻了七八个筋斗。

随着小龙女口舌的渐渐灵便，实际上就是两人性格的渐渐融合。他们能够互相体谅，所以最后决定重出谷底，江湖游历。既不是像小龙女隐居古墓，也不是像杨过江湖扬名，而是二人之间的折中。这时的杨过不再是以前的杨过，他的精神境界已达到了一个新高度，直到此刻，真正的神雕大侠才终于诞生。最后襄阳大胜，杨过和郭靖殊途同归，书到此处，皆大欢喜。

华山论剑

在射雕三部曲中，共有三次华山论剑，由争而逐渐变为不争。

第一次是为了利，争夺九阴真经；第二次是为了名，天下第一的美名；第三次是为了情，思念故人之情。王重阳因公义而胜，欧阳锋因名利而疯，众人因情义而和。

三次论剑，三种不同的人生境界。论剑已由武力之争上升为怀古思亲，已由名利之累上升为情义之表。世事轮回，生生不息，人如此，物如此，好事如此，坏事如此。正当郭靖等人经过三次论剑已经脱离了名利圈子时，他们又只能看着新人们再度陷入这虚妄的名利圈。也许只要有人就会有名利圈，只要有名利圈，就会有人陷入其中。人类的悲哀，人类的无奈，谁也不能解决，谁也无法解决。

华山论剑将五绝的称号重新改了一下，东邪仍是东邪，这是老字号，也是江山易改、本性难移，是五绝中唯一保持不变的。至于南僧与北侠，只是个身份的说明，很普通。值得玩味的是"西狂"和"中顽童"。赠予杨过这个"狂"字，不仅杨过、小龙女满意，读者也必然满意。杨过这个狂字可不是猖狂，更不是发狂，而是孔子所说的"不得中道而与之，必也狂狷"。这个狂字就是指那些心怀广大，有一股冲劲，不服命运，敢于斗争，永不服输的人。

在老顽童身上有很多值得我们借鉴的地方，老顽童对于武学一道是痴迷，但他学武就是纯粹学武，并没有什么名利观在其中，他的境界要比一灯和黄药师高，因为他有"赤子之心"。心中空空荡荡，本来不存名之一念，自然比其他人高出一等了。

文到此处，与其说是五绝，还不如说是八绝，黄蓉"智绝"，小龙女"情绝"，金庸"文绝"。

在全书结尾处，杨过与众人话别一段，金庸写得很有意思：和黄药师、郭靖等前辈是行礼拜别，和陆无双姐妹是执手告别，和郭襄是深情话别，和郭芙武氏兄弟是挥手相别。从这四个动作中，就可以看出杨过对他们感情的深厚程度，对于郭襄，杨过和小龙女以后必然是有求必应的。

七、《连城诀》：坏可坏，非常坏

脂砚斋评《红楼梦》曰："做人要实诚，做文要狡猾。"此言确是至理，诚实之人方是好人，狡猾之文方是好文；好人令人亲之又亲，好文令人读之又读。

今观《连城诀》，可谓"好人好文"矣（狄云实诚，该书狡猾）。

大家都说，这是一部"坏书"，写尽人之坏：为了利益，师父害徒弟，徒弟害师父，父亲害女儿，朋友交相害……害来害去，害的竟是自己。在大宝藏面前，伪君子露出了真面目，阴谋诡计，血腥残忍，无所不用其极。可是举头三尺有神明，作恶者心不得安，晚上砌墙梦游，无外乎精神失常，皆是作恶惹的祸。

读完这篇小说，不由得掩卷慨叹：害人之心不可有，防人之心不可无！

前人论《连城诀》，皆谓此书：写世道，写人心，写"极坏"，笔者独不以为然。诚如所谓，《连城诀》塑造出了一个"逐欲的金钱世道"（众人对连城诀宝藏的趋之若鹜）、"疯狂的吃人世道"（宝象、花铁干等都有吃人行迹）以及一个"没天理的世道"（狄云、水笙蒙受不白之冤）。

这三种罪恶世道的背后，自然是罪恶的人心。正是人心之欲，才使得"人心坏""世道坏"，于是《连城诀》成了一部"坏书"。但我想单单真实地描绘出一种图景，并不算一部好书，一部好书真正想要告诉世人的不唯是警醒借鉴，亦是深层次原因的探索和对未来光明的追寻。

因此，上述的种种"坏"，只是明写，只是"坏可坏"；而其深层次的"非常坏"才是该书真正的精髓，这便是暗写。

既然说世道取决于人心，那人心本善，又何来这么多的贪欲恶念？

这便是此书的一个深层次问题：人心虽善，可人心会变，会被外物所侵蚀，从而蒙蔽其原本的善。

《连城诀》描写了许多没天理的事：师徒之间（师），父女亲人之间（亲），江湖官府之间（君）……以上这些"坏事"说明了这是一个"天、地、君、亲、师"被破坏的世道，而这"天地君亲师"五个字，又可以归纳为一个词——"人伦天理"。

也就是说，《连城诀》中的世道人心之所以这么坏，问题就出在这些人不讲"人伦天理"。

何谓人伦天理？

一字以概之——礼。

七、《连城诀》：坏可坏，非常坏

鲁迅先生把那些虚伪、顽固且过分的"礼"，称作"吃人的东西"。那《连城诀》与此理相通，它是把一个失去了真实之礼的世界，看作是"吃人的世界"，写的就是："非礼"世情下的病态心性；写的就是两个截然不同的世界，即浑浊世界和清明世界的所在所思。

狄云是一个朴实憨厚地道的乡下人，他从田野而入浊世，又由浊世回归雪谷。表面上看似乎是一种自然淳朴的回归，实际上却是一种无奈的逃避。无论是出世还是入世，都是那么不由自己，这是个沉浊世道，你躲在哪里能够完全独善其身呢？

在这个世道中，自作孽，固然是不可活；而不作孽，也不容易活。就算最后狄云和水笙相伴隐居深谷，恐怕终不能躲得过。正如连城诀宝藏的秘密：众人争了个死去活来，终究只是争个"往生极乐"。

原来"极乐世界"是需要争得的，原来"极乐世界"永远都在彼岸！所谓"干净的世界"不是躲避就能达到的，而是要"争"。

《连城诀》之"狡猾"可不仅如此，其于回目之中，更是暗藏玄机。以下列出其回目十二：

乡下人进城：实诚人入狡猾文，善人入浊世，非是自愿，实是情非得已，无处回避。

牢狱：四面皆墙，无处独善其身，此处以"牢狱"喻世道。牢狱多冤枉，则世道多冤枉，岂独冤些许人乎？

人淡如菊：这回看似赞凌霜华之风姿，实则内含无限悲痛。菊为何物？不外乎草木矣，疾风之下，纤草岂能存？其结果不外乎凋零陨落、零落成泥，此写浊世人轻如草芥，以丁典之能，亦无所能为。

空心菜：是给好人吃的。以物喻人，便是戚芳称狄云之意——老实正直之善人。

老鼠汤：是给坏人喝的。此等恶浊之物，正为宝象等浊恶之人所备。

血刀老祖：血刀虽恶，却能救善，物在于其人其用。

落花流水：大侠虽善，却能行恶，人在于其心其性。

羽衣：此衣意味实大，可称"一衣一世界"。衣由黑白二色织成（兀鹰、雪雁），经由狄云踩踏、水笙撕扯，终留于干净"雪谷"中，可叹世道本清，剑本是铁。

"梁山伯与祝英台"：此言情之可叹，情之可悲，情之可敬。丁典、凌霜华生不能同室，死则同穴。（此是戚芳所剪的两只纸蝴蝶）；狄云、戚芳一生一死，天人永隔（此是狄云打死了一只蝴蝶，而另一只蝴蝶独自神伤）。

《唐诗选辑》：此独写礼教之"教"，礼之所成，在于教。世人皆若戚长发师兄弟之辈，则世间之技艺荡然无存。"躺尸剑法"之危害，由来已久，岂可不慎而诫之。

砌墙：万震山可称良工巧匠，砌墙之术，大有门道。于睡梦之中（醉生梦死，迷失常性）把罪恶丑陋砌在了墙里（心中恶念贪欲），破绽留在了墙外（压抑不住的贪欲恶行），"得意扬扬地砌墙"，自是得意扬扬地作恶。

大宝藏："连城宝藏"重在"连城"二字，城之所起必有墙，一面墙可由一个万震山来砌，连城之墙是由千万个万震山所砌。

《连城诀》的确是个大宝藏，而这个宝藏确然也需要去争，可争的不是金银珠宝，争的是极乐净土，争的是世道人心。

八、《侠客行》：何为"侠客行"，到底"我是谁"？

千载之下，侠名不朽。其潇洒无碍，其豪情壮志，其敢作敢为，其侠骨留香，无一不给后人带来种种震撼，使人思之神往。然而，我们虽对"三杯吐然诺，五岳倒为轻"悠然神往，却也不禁对"十步杀一人，千里不留行"常怀戒惧，不由得掩卷而思：侠为何物？

《侠客行》是金庸写的"最散漫""最平庸""最无意"的一本书。全文俗中见奇、点到为止之意蕴，常常给人一种"无意"之感。

此书写了两种情：父母对子女的爱怜之情，从而造成"兄弟之谜"（石破天和石中玉），最后升华到"侠客行"；

另一种是梅芳姑因爱生恨的妒情，从而造成"身世之谜"，最后探问"我是谁"。

这两种情直接写得浅，间接写得深，依旧是金庸风格——

八、《侠客行》：何为"侠客行"，到底"我是谁"？

平淡之中见神奇。

贯彻全书的是一种"无争""无意""本善"的精神境界，是一种"怀素抱朴"的况味。

既是名为"侠客行"，那便是贯穿全文的一大问题——何为侠客？

何为侠客？

"三杯吐然诺，五岳倒为轻。眼花耳热后，意气素霓生。"

这是历代侠客形象在人们心目中的一种定格，这种定格经历唐宋传奇，直到旧派武侠塑造的人物依旧摆脱不了。顾名思义，"侠客行"便是"行走的侠客"，便是司马迁笔下的"游侠"。

这种游侠（侠客）在处世行侠上是有很大缺陷的，他们的"行"或者说是"游"往往"十步杀一人，千里不留行"，而且以之为荣焉。

"今游侠，其行虽不轨于正义，然其言必信，其行必果，已诺必诚，不爱其躯，赴士之阸困，既已存亡死生矣，而不矜其能，羞伐其德，盖亦有足多者焉。"

司马迁对于游侠的这段评价，重点便在于首尾两句——"其行虽不轨于正义"，这是短处；"盖亦有足多者焉"，这是长处。

反观该小说，无论是雪山派弟子、长乐帮众，还是谢烟客、不三不四，都具有一股"狠劲"，就是一种"视人命如草芥"的态度。而这些人也是自诩"名门正派"和"大侠客"的，这便是"旧侠"的局限性。

自梁羽生以来，新派武侠风生水起，随之而来的便是"新侠"对"旧侠"的冲击。"新侠"是以一种人性化、完善化、道德化的形式出现的，他们虽然和"旧侠"一样有"十步杀一人，千里不留行"的本事，却有一颗"行善、止善、本善"的善心，正是以儒家之心行侠客之事。石破天和玄素双剑的性格特点，就大不同于其他人物，他们才是真正的侠客。

　　总而观之，《侠客行》在武侠史上的意义是重大的，它把新侠和旧侠做了一个划分，并按照这个划分，赋予了人物不同的经历与归宿：

　　石破天是天然质朴、未经雕饰的善，是高山上垒起来的破天之石；白阿秀是蓬生麻中、清水芙蓉的善，是诗画中走出来的冰雪之灵；阿秀之出，颇得"黛玉风流"，只一见便令人心生爱怜，誓欲予她一世喜乐。

　　书中写阿秀流泪之文字何止一处，画阿秀娇慵倚栏何止一图，此活生生又一林妹妹，至于其风姿，偏在一个"倚"字上寻，使人不由得不联想到李易安的"倚"。此中真味，非有志者不能寻之。

　　善与善，惺惺相惜，两张白纸必然叠摞在一起。石破天是"泥"，厚重无火性；阿秀是水，纯洁而清灵，泥中有水，方能滋养万物，真真切切应了宝玉那句箴言——"女儿是水做的骨肉，男人是泥做的骨肉"。反观叮叮当当，作为丁不三的孙女，耳濡目染之下，早已不是善茬，具有一种邪气和狠辣，而她喜欢的也是像石中玉那样的浪荡子弟，只有这样才是相得益彰。

八、《侠客行》：何为"侠客行"，到底"我是谁"？

"带刺玫瑰"和"清水芙蓉"自有不同归宿，"他山之石，可以攻玉"也只能是借鉴，唯有"石破天惊"才是无畏的尝试与创新，新侠与旧侠就这样泾渭分明了，这正是伏魔神功"不破不立"之要义。

"我是谁"，这是一个千古难解之大难题，不唯是哲学之上的一道玄关，亦是武侠中一道"奇经"。在金庸武侠中，更是屡见不鲜。石破天问过，郭靖问过，萧峰问过，欧阳锋问过，韦小宝自然也问过。有许多人说过，这个问题是一个本源问题，是极其有深度的问题，其实非也。

石破天在成为"石破天"之前，虽然名字听着不雅，叫"狗杂种"，但是这种"无心无意"无疑让他活得自在，没有过多的牵绊和烦恼。反而是他摆脱了"狗杂种"而成为"石破天"后，他不再无虑了，纷至沓来的纷争与疑惑困扰着他，让他探问——我是谁？

直到最后，他依旧在问"我是谁"，这个问题，金庸在《侠客行》里并未做出解答，却在《鹿鼎记》里给出了答案，那就是——爱谁谁！

管他是谁，毫无意义，不如效法韦小宝，一笑置之游戏风尘中！

有意者失之，无心者得之，"无所求"不唯是书中一回目，更是一境界。这句话是推动全书情节发展的最大臂助：

有意争夺玄铁令的吴道通、金刀寨、雪山派众人都空手而归，而只是想吃烧饼的石破天却得到了它；谢烟客百般引诱，却只换来一句"向不求人"；长乐帮机关算尽，终是真

225

相大白；不三不四横追堵截，倒是于事无补；张三李四全力拼酒，仍是大落下风；白自在自高自大，到头来彻底觉悟，一套绝世武学却是无心者得，至简至明的神功却是无关字句……

以上种种，皆是众人"有所求"，而石破天"无所求"，最终无心胜了有意。

九、《碧血剑》：承志传魂，凡人悲歌

一朝王寇问鼎间，十年兵甲误苍生。

苌弘化碧，一缕忠魂永存。袁崇焕的一生，虽败犹荣，虽死犹生。"冲天的干劲，执拗的蛮劲，刚烈的狠劲"，其人其性，观之令人敬，思之令人悲，其名留青史，靠的正是这副性情，蒙冤而死，亦是由于这副性情。

正如金庸所说，袁崇焕其人如剑，锋锐绝伦，精刚无俦。当清和升平的时日，悬在壁上，不免会中夜自啸，跃出剑匣；在天昏地暗的乱世，则屠龙杀虎之后，终于寸寸断折。

宝剑虽折，其道不灭，更何况宝剑之"寸寸断折"正是为了其大道精魂的传承。《碧血剑》写的便是这个"魂的传承"——唯有"承志"，方可"传魂"。

金庸说："《碧血剑》中的袁承志，在性格上只是个平凡人物。他没有抗拒艰难时世的勇气和大才，奋战一场而受了挫折后逃避海外。"很多人对其颇有指责，这些指责也大多落在他的性格和选择上。但众人却忽略了他是一个——平凡人。

平凡人虽经历了不平凡的大事，但其于中表现出来的行为，仍会循着他原有的轨迹运行，这也许就是"江山易改，本性难移"的缘故吧。

求全责备，君子所不取，众人皆指责袁承志，而我独爱此人，正因为他让我明白了一些道理：在他身上可以看见许多平凡人应有的矛盾、困扰、抉择。

袁崇焕的"伦理道德"和夏雪宜的"无可奈何地变心"，都切切实实地传到了袁承志的身上，故有人说：《碧血剑》的主角是精神贯穿全文的袁崇焕和出现在回忆中的夏雪宜。

这不错，却也大错！

袁承志的身上充满着无可奈何的遗憾，这其中包括从父亲传来的家国使命与从岳父那里（夏雪宜）传来的"情性取舍"。袁崇焕和夏雪宜虽然都不得其死，但他们也算得上求仁得仁，一个有了义，一个有了情。

而袁承志呢？

他似乎"无情无义"。

情义跟他开了个大玩笑，想救国却救无可救、事不可为，他不如父亲幸运；爱阿九却爱无可爱，事亦不可为，他没有岳父幸运。

最后的结局只能是：

于国家上，不降清朝，不投朝廷，不跟闯王，不害良民。

于性情上，不归故土，不忘国难，不见阿九，不弃青青。

九、《碧血剑》：承志传魂，凡人悲歌

袁承志天然的平凡性格，注定了他平凡的选择，而平凡绝不是值得指责的事情，更不能算是一个缺点。可以说，在《碧血剑》中，袁崇焕是死人，或者说他只是"一种精神"，既然是一种精神，又何来"主角"一说呢？

再看夏雪宜，有人说这个亦正亦邪的金蛇郎君刻画得很出彩，不容否认，他的确是至情至性之人，但也是无情无义之辈。

虽念温仪，可记红药？

袁承志对他的这个做法便是存在异议的，这在袁承志的想法中有所体现。当他想到温青青和阿九两人时，不由得想起了自己"也是无情无义之人"，这个"也"字便体现了他对金蛇郎君的态度。最后他用绝大毅力再加上"青青师娘"家教甚严，便只能舍情取义了。至此可见，夏雪宜此人难为主角矣。

袁承志的魂是袁崇焕的，袁承志的物是夏雪宜的（宝剑是他的，武功是他的，伴侣也是他的女儿），但他的心却是自己的，平凡而又矛盾的一颗心。

十、《雪山飞狐》&《飞狐外传》：
恩怨了了，如画留白

此情可待成追忆，只是当时已惘然。

《雪山飞狐》和《飞狐外传》这两部小说是倒着写的，先写了胡斐长大后的《雪山飞狐》，再写胡斐成长经过的《飞狐外传》。虽然金庸说两本是独立的书，可读者心里却难以割舍，不如合成一部来谈。

《雪山飞狐》是一本故事书，一开始就讲故事，主角应是胡一刀而非胡斐。而胡斐的性格似乎也与外传中有所出入，最终胡斐砍苗人凤的那一刀，也是个"迷"。在爱与恨面前，胡斐不好抉择，作者也无能为力，因此留了个难题给读者。不过这样也好，不同的人会有不同的选择，而不同选择也会体现出一个人的心理。

总体来说，《雪山飞狐》是一部"留有余地"的小说，无论是从人物形象、语言论述、结构组织，还是结局抉择、思想主旨上，都大有"商榷之处"。

"讲故事、留空间"六个字便是该小说的特色，这留的"空间"便是"余地"，后来作者亲自填充了余地，于是《飞狐外传》诞生了。

在《雪山飞狐》的后记中，作者一再申明："《雪山飞狐》和《飞狐外传》是两本独立的小说，之间并无固定的联系。"但很多读者似乎不以为然，从影视剧的改编来看，大多数人都把二者合二为一来看待。

举个不太恰当的例子：如果说前者是《三国志》，那后者就称得上是"裴松之注"了。就算是作者本人在创作后者时，恐怕也无法完全摆脱前者的影响，从而自然而然使得两者发生一些共鸣，例如在《雪山飞狐》中胡斐出现时的造型，便是为了纪念他当年的"好妹子"程灵素而保留的。

《雪山飞狐》中的人物大多有一段过往，他们在行为上的奇特之处也只有他们的过往能够解释。而这段过往虽然通过讲故事的方式呈现出来，但使得读者总觉得缺失了什么。所谓"讲故事"，必然是对已有事情的一种阐述和回忆，无法如现在时叙述那样的骨肉丰满，所以读者在听故事时，虽然情节精彩，却总觉得有些人物不够生动，有些行为难以理解。

我们不妨回忆起小时候长辈给我们讲故事时的情景，我们在听故事同时，总是会问各种各样的问题，这恐怕就是"讲故事"这一形式本身的特点。正如这部小说，我们在读完之后，依旧想要进一步深入了解一些事情和问一些重要问题，比如：胡斐小时候究竟遭遇了什么？他是如何成长的？田归农到底有什么隐秘？

而这些就如小说的结局一样，留有余地，任君猜想，不过带着这些猜想来读《飞狐外传》倒不失为一种乐趣。

以往论者往往着眼于这篇小说的写作结构，对这种不同立场的讲故事和倒叙方式也是褒贬不一。故事中出现了很多人物，无论是慷慨豪侠的胡一刀夫妇，还是"打遍天下无敌手"的苗人凤，或是卑鄙无耻如田归农、阎基之流，都无一例外有着共同特点——其人身后有着一段隐秘往事，这便是文章的"点"。

每个人都有一段过往这不奇，奇的是这些人的过往竟是血脉相通、大有关联的，更奇的是这些隐秘往事拼凑在一起，竟是一个个完整的故事——胡一刀与苗人凤比武，这便是"线"。而将胡一刀与苗人凤的比武继续延伸扩展开来，就会看到更深远的东西——百年恩怨。

山川纵横织成了一幅百年恩怨的武林宏图，《雪山飞狐》写的便是"恩怨"两字，而且是百年恩怨。百年之前，由李闯而起的误会——胡苗田范之争；数十年前，胡一刀、苗人凤的家族遗留恩怨之争，以至于如今的胡斐前来报仇，都是恩怨引发，最后那一刀"劈与不劈"，不唯是生死抉择，也是恩怨抉择，这便是"面"。

《雪山飞狐》的绝大艺术手法不是所谓的视角不同的讲故事，也不是全文大部分倒叙的新奇，而是这种"点线面"结合铺展开来的清晰图卷。看《雪山飞狐》，应如"作画"般来看：水墨点点，线条斑斑，构成一幅具有无限外延的山水画卷,而最后的留白,更有点睛之妙。

《雪山飞狐》一书的写法很独特,人物也很独特,它似乎予人一种"平面感觉",所以有识者皆谓"胡一刀是《雪山飞狐》第一主角"。造成这种观点的极大因素便是:胡一刀是立体刻画,而其他诸人是平面刻画,"成不成体"便是人物深度的最大关键。

《雪山飞狐》由点到线,又由线到面地勾勒出一幅山水恩怨画作,虽使人徜徉其中,却总失之于简陋,而《飞狐外传》恰巧弥补了这一缺点,使平面人物变得立体化,从而达到一种完满的境界。

胡斐的侠道,就是一个字——直!

所谓"以直报怨,以德报德"在胡斐身上体现得淋漓尽致。为不识之人打抱不平且坚持不懈,这是直;心爱之人软语相求而不顾,这是直;你对我客气,我便对你礼貌,这也是直。无论好坏敌友,胡斐便是一个原则——直在其中!

除了胡斐之外,还有许多精彩人物,虽着墨不多,却能通过一个动作或神情刻画出人物的非同凡响来。一言不发而群雄失色的苗人凤、俗而可亲的赵半山、倏忽来去的常氏兄弟、坟前洒泪的陈家洛……以上人物皆着墨不多,而其精气神跃然纸上。

《飞狐外传》的男子英雄了得,而女子却悲苦不已。还记得文中的一句对话,那是在胡斐要杀凤天南之时,袁紫衣横加干预,胡斐问道:"这为什么?"袁紫衣答:"我迫不得已。"

这一句"迫不得已"便解开了我们所有的疑惑：马春花为何偏爱福康安以致最后凄惨而死？南兰为何自误误人？商老太为何执着激烈这般？袁紫衣又为何"有忧亦有怖"？程灵素又为何身死情留？

这其间种种，便是一句"我迫不得已"。

袁紫衣便是一件"缁衣"，此番入世不过是历一番情劫，完一段孽缘；

程灵素便是一朵"海棠"，怎堪烛焰凋残，却是海棠依旧。

胡斐赞她如烛焰，燃烧了自己的生命，照亮了胡斐的生命；她却更如自己手中的那株"七心海棠"——花虽萎，用仍在，人虽死，情不移。

每观金庸命名诸人之名，皆大有来历，唯此"灵素"二字更为超妙："素"为其表（除了一双眼睛外，容貌却也平平，肌肤枯黄，脸有菜色，似乎终年吃不饱饭似的，头发也黄稀干枯，双肩如削，身材瘦小……此可谓朴素之极）；"灵"为其里（书中多次描写其眼神明净、妩媚、灵动，更兼其心至善至灵）。此"灵素"二字，正是自然天成（程），不唯《灵枢》《素问》之意。如此观之，程灵素实乃金书中上上之人矣。

十一、《书剑恩仇录》：书剑江湖，无色无味

《书剑恩仇录》为金氏武侠开山之作，盖是承而不全承，反而不全反。以全书而论，承袭旧派武侠的积淀，注入新派武侠的血液；以人物而论，背着旧时代的包袱——诗书礼教，蕴含着新时代的气息——追逐自由。

书，霍青桐所奉之书，回族圣物《可兰经》。它蕴藏的是一种善、一种正，这一点在书后的"魂归何处"中便可见得，行善则死后天堂，作恶则死后火窟。

剑，霍青桐所赠之剑，包含着极大秘密，实际也就是一段故事、一套武学，此剑象征着武，象征着力。后来陈家洛在古洞中学得此"无厚入有间"的绝妙武功，才打败大反派张召重。

何为恩仇？一世恩仇，天地为炉。恩仇就是在这天地间不断地冶炼锻造，从而铸造这天地间最为神灵的人性；

恩仇便是人间世，便是江湖。

书是正，是善，是侠义；剑是武，是力，是武学；恩仇是江湖，一录写江湖，金庸先生一开始就已经展露出一幅画卷——武侠江湖！

翠羽黄衫，重在一个"色"字；香香公主，重在一个"味"字。陈家洛情缠两女，却无果于其一，两女虽色、味不同，却同归于善，色和味皆是虚幻。

《书剑恩仇录》大方面写了"一书一剑"，小方面写了"一色一味"，前者构成了一个江湖，后者铺开了一条大路，沿路而行，尽收眼底的是："飞雪连天射白鹿，笑书神侠倚碧鸳。"

《书剑恩仇录》是金庸小说的起始，李沅芷则是金庸笔下光辉女性角色的起始，堪称"女主之源"。从李沅芷身上可以看到很多人的影子：大小姐脾气且任性小心眼的温青青、机智灵敏而单纯圣洁的黄蓉、敢爱敢恨的任盈盈、敝屣荣华的赵敏……随着李沅芷这一模型的不断完善，金庸笔下的女性角色也逐渐精彩起来。

李沅芷是《书剑恩仇录》之魂，她有色、有味、有追求，有道是：唯李沅芷，能克张召重。此言不虚，张召重这一大高手在小说中经常上李沅芷的当而吃大亏，就连最后自己的命也算得上是被李沅芷坑进去了。

为何偏偏是李沅芷能将张召重玩弄于股掌之间？

这里便有一个道理——破旧立新。李沅芷在情义方面的追求是大胆的、创新的，已经突破了所谓的阶级立场和礼教限制，算得上是女性思想的一次进步。而张召重对功名利禄的执着是陈旧保守的，是官僚思想下的常态，他本人也是小说中常见的一种形态。这场新旧之战，终究他要面临失败。

"情深意真，岂在丑俊，千山万水，苦随君行。"李沅芷对爱情的追求是义无反顾甚至抛弃家人，对于一个不爱自己的人，她是一步步凭借自己的真心诚意得到了回报，而与之对比，陈家洛则是反其道而行之，结果不言而喻。

"浩浩愁，茫茫劫，短歌终，明月缺。郁郁佳城，中有碧血。碧亦有时尽，血亦有时灭，一缕香魂无断绝！是耶非耶？化为蝴蝶。"

香香公主生于善，长于善，死于善，算得上善始善终。生长于族人的羽翼之下，所闻所见皆是相亲相爱，浑不知世间之杀伐丑恶。对于陈家洛，她便是一如既往地依赖和过分的信任，一颗赤子之心赋予了他，换来的不过是人世斗争中的妥协与牺牲。就是这样一个纯洁善良的小姑娘，坚信着善，坚信着他，鼓起滔天的勇气，冒着堕入火窟的惩罚，决然用鲜血传递消息。为义而行，魂归天国，香香公主用她的一生，换得陈家洛痛不欲生。

霍青桐是个女强人、女将军、女诸葛，但值得强调的是她只是个女人。她有着普通女人的一切情感、她不像香香公主那样无思无虑，无思无虑便少忧愁、少承担。而霍青桐不仅肩负着家族兴衰，还要忍受着情感的煎熬，她心中的苦是最多的。她是个坚强的女子，也许只是外表坚强，只是默默承受，失去了亲人却还要开导劝解陈家洛。这个女人承受的太多，也付出了太多，而这一切本不该是一个女子所应承担的。

那女郎秀美中透着一股英气，光彩照人，当真是丽若春梅绽雪，神如秋蕙披霜，两颊融融，霞映澄塘，双目晶晶，月射寒江……长辫垂肩，一身鹅黄衫子，头戴金丝绣的小帽，帽边插了一根长长的翠绿羽毛，革履青马，旖旎如画。

初见翠羽黄衫，何其英姿飒爽，可在认识陈家洛之后，便是吐血流泪，甚至起了轻生之念，陈家洛误人多矣，负人多矣。

对于陈家洛此人，读者多有微词，更有甚者大为诟病，视为"武林败类"。痛骂的话已经说了太多，这里就不多说了，要说就说说陈家洛的人性。

陈家洛有一套拳法，叫作"百花错拳"，人如其名，陈家洛可谓是百花丛中过，举手便是错，而且从头错到尾。他的成分、性格、情感、事业，无不充满了极端复杂的矛盾。他的家庭本身就是清廷之官，自己却要来反抗清廷，与其说是陈家洛错了，倒不如说于万亭本来就错了，而这个错误的火炬却更加错误地传递到了陈家洛手上。

书生文人之气和江湖豪侠之气向来难以调和，无论是文胜质，还是质胜文，都难以做个合格的江湖人。陈家洛就是文人书生气过重，使他与这个江湖造成了脱节，至于所谓的官宦之气便使他变得天真幼稚、盲目软弱。

与其说陈家洛想要用乾隆反清廷是极其愚蠢的行为，那于万亭的用陈家洛反清廷就更是愚蠢至极。皇帝不会反皇帝，官僚又怎会反官僚。在事业上陈家洛一败涂地，感情上同样如此，之所以如此，也是他的旧思想在作祟。大男子主义的尊严不容侵犯，所以霍青桐越是能干，他越是离她远，他的虚荣、迁怒、心胸不宽广也都是这个陈旧的思想在作怪。

霍青桐和李沅芷的"相亲近"竟是触犯了他男子汉的所谓尊严,所以他恨李沅芷,也恨霍青桐。在他看来,霍青桐就是背叛了他,一种莫名其妙的争风吃醋,包括后来他对香香公主的情感,出发点恐怕是报复霍青桐。

说到这里,我们不妨把陈家洛当作一个女人来看,如果这样,这种形象在武侠小说中就极为常见了。对于这样的一个女性角色,我们也不会过多的批评,可惜奇就奇在陈家洛是个大男人。不知道是不是故意而为,陈家洛越是有着所谓的大男子主义,作者就越要把他写成一个小心眼还吃醋报复的人物形象,这使得他自身性格极其复杂矛盾。

"情深不寿,强极则辱,谦谦君子,温润如玉。"

乾隆赠给陈家洛的这块玉,巧就巧在映射了陈家洛的一生,前八个字是他上半生经历,后八个字是他后半生追求。

其实,《书剑恩仇录》的主人公不是一个人,而是一群人,不是个人,而是群像。主角多了,性格特点也就淡了。

不妨概括一下书中众人的形象:

于万亭错着开始,陈家洛错着结束;

赵半山温,无尘烈;

常氏兄弟显于貌,奔雷手显于名;

周仲英像极了柴进,张召重爱极了功名;

武诸葛精得可笑,俏李逵傻得可爱;

鸳鸯刀刚柔并济,余鱼同情义双全;

讥乾隆,赞小宝;

原是心砚最玲珑。

十二、《白马啸西风》：己所不欲，勿施于人

《白马啸西风》是金庸的一部中篇小说，既没有高深莫测的武功，也没有精彩绝伦的打斗，但读完小说，总会给人一种意犹未尽的感觉，因为其中有很多意味深长的话。比如当李文秀看见霍元龙等人烧杀抢夺时，她的表现是——"满脸泥污，躲在屋角落中，谁也没留意到她眼中闪耀着的仇恨光芒"。

而计老人的一番话更是充满了人生阅历——"你别恨他，他心里的悲痛，实在跟你一模一样。不，他年纪大了，心里感到的悲痛，可比你多得多，深得多"。

人生的阅历不仅会增长一个人的见识，也会增加一个人痛苦，见得事越多，人就越苦恼。李文秀是一个良善的姑娘，但她的良善似乎有些过分，甚至连苏普也觉得她过于迂腐。

华辉只看见了人性的恶，直到他遇到了李文秀；李文秀只知道人性的善，直到她经历了这许许多多。华辉爱一个人

得不到，就杀了那个人；李文秀爱一个人得不到，却舍不得杀了他。李文秀虽然爱着苏普，而在苏普眼中，她只是那个童年玩伴罢了，仅存的只是友谊。

李文秀如同一只"天铃鸟"——在寒冷的冬天夜晚，天铃鸟本来不唱歌的，不知道它有什么伤心的事，忍不住要倾吐？苏鲁克、车尔库、骆驼他们的鼾声，可比天铃鸟的歌声响得多。

"己所不欲，勿施于人"是全书的主旨，大到国与国之间的价值观冲突，小到人与人之间的爱情冲突，无不是深刻而永恒的。

"鹰飞于天，雉伏于蒿，猫游于堂，鼠叫于穴，各得其所，你认为很好很好的，别人未必会喜欢。"

懂得了这个道理，便参透了人生。

十三、《越女剑》：以今之文思，写古之传奇

金庸小说向来以"境极高"而为读者喜爱，许多研究者也大多从此出发，探寻金氏武侠之真谛。因此，在读者读完《越女剑》后，大多会提出一个问题：《越女剑》主要表达了什么思想？主要写了些什么呢？

对于这个不可规避的大难题，回答莫过于两种，一种是拔高派，一种是压低派。前者自然长篇大论，指点江山，将《越女剑》说得神乎其神；后者则是短短的几句话来概述，认为这篇小说写得不太精彩。

既然说到这里，就不能不回答这两个问题，以笔者浅见，第一个问题：《越女剑》主要表达了什么思想？

答：自己看。

第二个问题：《越女剑》主要写了些什么？

答：看阿青。

以意逆志，是为得之。关于该小说的思想问题，其实大

可不必深究，也未必探寻得出孰是孰非，因为这篇小说金庸写的也是"不由自己"。对比其他小说，该书是个异数，本来的"根"就是不同的，所以生出来的"枝叶花果"自然不同。

以前的小说都是原创小说，而《越女剑》是新编故事，照比前者，后者所能发挥的空间少之又少。举个通俗易懂的例子就是，一个人在把文言文翻译成现代白话文的过程中，虽然会加入一些主观色彩，但这种添加却是极其微妙的，很难令人发现，也无法改变原文主旨。

用金庸自己的话来说："为插画写小说，改用平铺直叙的方法，介绍原来的故事。"

既是"改用"，那便与以往的写作方式大为不同；既是"原来的故事"，那读者便要在原来的故事中寻求思想。

那原来的思想如何呢？就请看《三十三剑客图》中对于这一篇的介绍："但在春秋战国时期，吴人和越人却是勇决剽悍的象征。那样的轻视生死，追求生命中最后一刹那的光彩，和现代一般中国人的性格相去是这么遥远，和现代苏浙人士的机智柔和更是两个极端。在那时候，吴人越人血管中所流动的，是原始的、狂野的热血。"

显然这"生命中最后一刹那的光彩"便是该文的点睛之笔，也是小说大半部分折射出的精神。无论是锦衣剑士，还是青衣剑士都是如此，在境界上，他们是无分善恶的。在这里，很多人会生出疑问：那阿青呢，她可是女主角，怎么无关思想境界？

这就是第二个问题了。

"看阿青",小说写的阿青就是一个"古之剑客形象",但在题目中已经写到"以今之文思,写古之传奇",阿青的人物形象已经发生了改变,与其说她是剑客高人,倒不如说是个"天然淳朴的放羊女孩"。她效法自然,领悟剑道,她触动爱情,先是埋藏于心,继而大胆说出、做出。

参考金庸这一时期的创作,例如:《侠客行》《越女剑》《鹿鼎记》几部书,便可知此阶段正是先生"返璞归真的时期",笔下的人物也大都"天然去雕饰"。

小说没有特写主人公在家国大义与儿女之情间的抉择,但却较为隐晦地流露出来。阿青的所作所为,无关吴越兴亡,她心中没有什么大义束缚,她也不懂这些,她就是一种最原始、最纯粹的感情;范蠡便不同,身为越国大夫的他还是以大局为重,将西施送入吴国便是明证。

最后阿青潇洒而去,这是一种淳朴的潇洒,范蠡携西子之手泛舟五湖,也很潇洒,这却是一种雕饰的潇洒,二者之间,大有差别。

上文说到"生命中最后的一刹那光彩"便是小说的点睛之笔,这里便来说说这"光彩"的内涵意蕴。

意之所在,方是文之心,本文的文心非是越女,而是——"剑"。

若问:此篇脉络如何?

可答:一剑相承!

全篇笼统来看,颇合庄子"论剑"之意:庶人之剑(吴越武士比剑、一人敌)——天子之剑(兴越吞吴、万人敌)。

按庄子所说,剑达此处已是"绝浮云,裂地纪",可我

十三、《越女剑》：以今之文思，写古之传奇

们的《越女剑》却还没有结束：斗剑—观剑—铸剑—传剑—弃剑。这五剑便是"越女剑"的真谛。而最难一剑、最具有光彩的一剑，便是这最后一剑——弃剑！

阿青因"光彩"而持剑（范蠡之光彩），因"光彩"而弃剑（西施之光彩），因弃剑而创造了一种别样的"光彩"（西子捧心之光彩）。

阿青是纯粹的，范蠡是有色彩的。阿青与范蠡相交，纯在一句"你是个好人"，而范蠡与阿青结交，多多少少带着一种私心（救回西施）和目的（兴越灭吴），仅此一点便是对阿青的不公，这也是白猿为何要剑刺范蠡的原因——不要让带有色彩的人，破坏了这一分"纯粹的光彩"。

阿青为何大声扬言要杀"范蠡的西施"，那不是妒，不是恨，反而是对光彩的向往。她想要看看，西施究竟是何等光彩，才可让范蠡对其情根深种。当她看到西施时，她终于如愿以偿，也就自然而然地放下了手中的"剑"（实际上是木棍）。

弃剑，捧心，美矣！

一切的一切便是为"光彩"而来，每个人追求的也是那一份最后的光彩。两千年来人们都知道，"西子捧心"是人间最美丽的形象，又有谁知道这美丽的背后有一段难以说清的故事……

245

十四、《鸳鸯刀》：处处皆笑处，人人皆笑人

乍一看题目，很多人会以为这篇小说写的是《书剑恩仇录》中"鸳鸯刀骆冰"的故事。但翻开后，我们就知道这小说和骆冰没有任何关系。所谓"鸳鸯刀"也就是一长一短两把宝刀，其中蕴藏着一个天下无敌的大秘密，简单却又难行，那就是——仁者无敌！

小说中充满了调侃和讽刺，像是《鹿鼎记》的前身。作者越是漫不经心，越是随意诙谐，小说就越是具有警醒作用。有时候，冷眼旁观，要比拍案而起更具力量。小说情节简单，场景不多，由四侠劫道至客店集会，再到萧半和大寿。同时，小说中似乎没有主角，又似乎那几对夫妻都是主角：又打又骂的真夫妻林任二人，相敬如宾的假夫妻萧半和与杨袁二夫人，以及即将成为夫妻的萧中慧和袁冠南。

太岳四侠无疑是小说中最大的亮点，笔者观之，似乎比桃谷六仙更有意思，因为桃谷六仙太烦琐，而太岳四侠很简单。

十四、《鸳鸯刀》：处处皆笑处，人人皆笑人

大哥是烟霞神龙逍遥子，二哥是双掌开碑常长风，三哥是流星赶月花剑影，老四是八步赶蟾、赛专诸、踏雪无痕、独脚水上飞、双刺盖七省盖一鸣！

看看四侠这霸气的名字，似乎都是武林高手，实际上却不值一哂。

逍遥子事后诸葛亮，常长风脚趾最惨，花剑影满地找牙，盖一鸣无脑吹嘘。欲劫人财却倾囊支助他人，欲绊人马却提前告知。然而傻人有傻福，最后这四个浑人却立了大功，不仅捉到了卓天雄还找回了鸳鸯短刀，称得上是文章由四人开始，又由四人结束。四侠虽武功低微，人品却不错，义气深重，善恶分明，不失为好汉子。

文中处处皆笑处，刚刚笑完装腔作势的太岳四侠，又要为那一对冤家夫妻林玉龙和任飞燕发笑。夫妻犹如仇人，却又能彼此相爱，当真难得。本以为可以休息一会儿，给肚子一个喘息的机会，却又碰上了深藏不露、装傻充愣的袁冠南，直到最后萧半和是个太监也令人惊讶之中带着几分笑意。

最后，杨中慧一笑，万事迎刃而解。太岳四侠抓了卓天雄，杨袁二人也有情人终成眷属，皆大欢喜，读者至此大慰其怀。

《鸳鸯刀》中的人物以幽默诙谐为主，为后来的《鹿鼎记》开了个头，尤其是语言风格的转变和尝试，对于《鹿鼎记》的成功大有帮助。该书本就是金庸先生的笑文首秀，博得读者一笑，读者若是想要再笑，那请看《鹿鼎记》吧。